滅絕之園

恒川光太郎

The Garden of Destruction
Kotaro Tsunekawa

目次

第一章

春季，夜風中的小鎮

1

車廂微微晃動著。

窗戶被車中的蒸氣薰成一片霧白。

鈴上誠一鬱鬱寡歡地坐在椅子上。

最近狀況很差。食不下嚥，渾身疲倦，晚上也睡不好。

都是工作的關係。

今天也被痛罵了一頓，明天也照樣要挨罵吧。看來他似乎被分派到這樣的「角色」。工作上也犯錯連連。

他不經意地抬頭，看見一個抓著皮革吊環的女人。

剎那間，他覺得彷彿有一道清新的光芒照亮了心靈。

墜入了愛河。

鈴上誠一這麼感覺。

不……不不不，不可能有這種事。不過那女人真是迷人。

人為何會愛上另一個人？是因為對方深具魅力，但愈有魅力，他愈覺得自己高攀不起。

女人瞥了鈴上誠一一眼。

鈴上誠一一陣害臊，別開了目光。

睡吧。

閉上眼睛。

屁股底下感覺到座椅的溫暖。他正在出差的歸途中，搭乘著不太熟悉的電車班次。震動持續著，卻冷不防中斷了。不知何故，他有種瞬間陷入無重力狀態的不可思議感覺。

誠一張開眼睛。

女人正要下車。

她走到車門處了。

完全是不經思索地，誠一也站了起來，回過神時，人已經下車了。

車門在身後關上。

這裡是陌生的車站。

現在是一月，颳著徹骨的寒風。

我怎麼會在這裡下車？

女人已經從月台消失了。當然，往後的人生不可能再次與她相會了。

傻瓜。我這個大傻瓜。

不，我不是為了追女人才下車的，是……怎麼說，只是想轉換一下心情。

誠一對自己辯解。

讓他心頭鬱結的，不光是工作而已。家中有妻子，誠一卻無論如何就是跟她處不來。妻子在日常生活中提出的各種要求，或是說出口的話，所有的一切都讓他覺得離譜、可笑。

走下階梯。

穿過驗票口，來到強風呼嘯的馬路。薄薄的雲層後方，朦朧的太陽形成雙重的光暈。

車站前是一排灰色大樓。枯葉飛舞。遠方是樹葉落盡的樹林。

腦中某處發出警告。

我的公事包呢？

啊！誠一驚覺。手上沒有公事包。沒錯，忘在車上了。

裡面有一些重要文件，必須在今天六點前帶回公司，交給上司。如果打電話報告公事包忘在車上的事，絕對會被罵到狗血淋頭。誠一的公司不只是冷嘲熱諷或精神上的騷擾，還有肢體暴力橫行。

應該立刻打電話到車站，說明遺失公事包的事。運氣好的話，或許只是耽誤一下，一切都還來得及，然而腦袋就彷彿遭到重擊一樣，無法有條理地思考。

呼吸困難，淚水湧上眼眶。

腦中的線條地繃斷了。

已經夠了。

誠一垂頭喪氣地往前走去。

煩死了。

不光是忘了公事包的事，錙銖積累下的所有一切，他都應付不來了。

已經夠了。

反正他什麼事都做不好。

想要就這樣消失到別處去。

他走下階梯，「覺得好像」經過了裸露的混凝土小徑。「覺得好像」經過貼滿傳單的路，走進有許多門的房舍。「覺得好像」走上了一道不知通往何處的緊急逃生梯。

斷線之後的事，他印象一片模糊。

也許就是在這個時候，從天而降的透明之物撼動了他的身體。

2

淡紅色的櫻花花瓣飄過空中，落在誠一的膝上。

白晝的陽光傾灑在四周圍。

誠一張開了眼睛。

輕輕捏起花瓣。

是春天。

他坐在油漆剝落的木頭長椅上。

誠一左右張望。

眼前是一座維護得宜的大廣場，沿著廣場，商家呈圓形並排。

雜貨店、珠寶行、蕎麥麵店、麥當勞、烘焙坊、鐘錶行。

誠一默默地坐了片刻。

長椅後方是車站。

上面標示著：「中央廣場站」。

這裡是哪裡？

他先走向車站。驗票閘門只有一處，而且很罕見地不是電子式，不能用PASMO或SUICA等交通卡感應，也沒有站員。牆面路線圖上的站名全都十分陌生。車站建築物相當精巧，讓人聯想到主題遊樂園裡的小車站。

誠一回到廣場。

沒多久，一名牽著臘腸狗的婦人經過前面。

「不好意思。」

誠一叫住對方。

看上去親切和藹、服裝也很體面的中年婦人停下腳步。

「方便問個路嗎？」

中年婦人點點頭，像在說好。臘腸狗湊過來聞他的鞋子。

「這裡是什麼縣？我想知道這裡的地名。」

婦人眨眨眼：

「什麼縣？你說什麼縣嗎？」

「呃，對。」

「你看那邊，這裡是中央廣場站啊。」

車站確實就在那裡。他剛才看到了。

「呃，我是……」

「嗯，什麼？」中年婦人說。

「就是……」

「不知道要怎麼開口是吧，我懂。你先坐下來，冷靜一下再說吧。你怎麼了呢？」

誠一再次環顧四周。不是都會的景色。放眼望去，所有的建築物都只到三層樓高。是陌生的城鎮，然而卻讓人湧出一股神祕的鄉愁，彷彿兒時曾經在夢中造訪過這裡。

「不好意思，我的記憶好像有點混亂。」

「不用道歉，你又沒做錯什麼。」婦人說。「不過你說記憶——你記得自己叫什麼名字嗎？」

「我叫鈴上誠一。」

「啊，不用向我報姓名沒關係。你是不是從別的地方搭電車過來，不小心下錯站了？」

沒錯，就是這樣。

他記得自己在陌生的車站下了車，也記得不知道自己身在何處，只是不斷地往前走。

印象中，他在陌生的車站下車時，好像還是冬天。但現在櫻花盛開，是春季的和煦氣溫。那麼這段期間，自己做了些什麼？不知道。每一段零碎的記憶都曖昧模糊，無法確定。

「你有沒有什麼身分證件？」

誠一摸索身上。他帶著錢包，裡面裝著駕照。鈴上誠一。有自己的名字。住址是東京都稻城市。

婦人探頭過來看：

「你有證件嘛。」

「是的。啊，我怎麼會跑來這種地方呢？稻城市離這裡很遠嗎？」

「不知道。」婦人說。「這裡的車站是從『盡頭之丘站』到『精靈之森站』，沒有叫稻城市的站。」

婦人叫住路人：

「欸，不好意思，這位先生說他失去記憶了。你們知道要怎麼去東京都稻城市嗎？」

幾名路人靠攏上來。

「什麼……咦？喪失記憶嗎？」

「不好意思。」誠一縮起身體。「不，我有記憶，也知道自己的名字和住址，可是怎麼說，有很多不記得的地方……」

被婦人叫住的男人們都異口同聲地說沒聽過什麼東京都稻城市。

「派出所在哪裡？」

「這裡沒有派出所。」其中一人說。

沒多久，天色逐漸暗了下來。

這天晚上，在廣場開店的蕎麥麵店老闆收留他過夜。老闆正值壯年，灰白的頭髮理成平頭。他把誠一領到牆邊堆著木箱的二樓空房。

「好好休息吧。」

老闆把一大疊舊被子放到地板上說。

「有困難就該互相幫忙。」

「謝謝。」

誠一從窗戶看著夜晚的廣場，一籌莫展。

可以看到路面電車的車站。

總之，只能明天坐車出去看看了。

木造老屋的蕎麥麵店二樓散發出一股獨特的味道，或許這就是別人家的味道。不過這味道並不會讓人覺得不舒服，反而讓他憶起兒時去朋友家玩耍的記憶。

他查看了一下，皮包裡有一萬五千圓。

隔天，誠一疊好被子下樓去，蕎麥麵店老闆準備了蕎麥湯麵給他當早餐。

「那個，我……」

「錢就不必了，等你將來發達了再還吧。」

誠一滿懷感謝地吃了蕎麥麵。

打開拉門外出一看，是個大好晴天。

這天他決定先一路坐到路面電車其中一邊的終點站「精靈之森站」。

買了車票坐進車廂。車廂只有一節，坐著幾名乘客。

這與誠一以前天天搭乘、擠得像沙丁魚罐頭的JR電車截然不同。車窗很大，車體復古，氣氛悠閒。

窗外的景色一片陌生，但偶爾會有似曾相識的建築物一晃而過。

電車掠過住宅區人家的庭院，或穿過沿海的隧道，風景令人目不暇給。

誠一認為，即使有人不知道稻城市也不足為奇。就算是東京二十三區，不曉得的人就不曉得吧。

乘客一個接著一個下了車，沒多久就只剩下誠一一個人了。

坐了約一個小時後，終點站到了。

「精靈之森站」位在鬱蒼繁茂的森林裡。

月台建在一片隆起的泥土地上。

一出車站就是泥土路，站前只有一家三明治店。除了這家三明治店以外，看不到其他的文明產物，因為實在太原始了，他吃了一驚。

他不知道該不該繼續往前走，正踟躕不前，疑似三明治店老闆的白皮膚男人從店裡走了出來。誠一問他：

「這裡再過去有什麼？」

「嗯？有山，雞山。」白皮膚男人掏出菸來，點了火。「你是來爬山的？」

「呃，也不是。」

「雞山光是爬到山頂，就得花上四個小時。如果是不習慣爬山的人，要花上更久的時間。看你這身打扮，勸你還是別上山吧。」

「這座山再過去有什麼？」

白皮膚男人吐出煙來，搖了搖頭：

「不知道，濃密的自然景觀一直延續下去，沒有住人。」

難道他是說，人類的領域就只到路面電車終點站的這裡嗎？

「是什麼縣？」這裡是什麼縣？或是山過去是什麼縣？

「不知道。」白皮膚男人搖了搖頭。

不管向任何人打聽，得到的回答都千篇一律——配上一副真的完全不知情的表情。

誠一無可奈何，再次搭乘路面電車回到「中央廣場站」。

他走進烘焙坊，點了蛋糕和咖啡。

他明白手頭的錢很珍貴，不該亂花，但想要讓心情好好平靜一下。

「啊，喪失記憶的人。」烘焙坊老闆說。

烘焙坊老闆很年輕，頂著一頭褐髮，臉上有雀斑。看起來年近三十，但不知道實際年齡。是昨天圍著他的路人之一。

「記憶恢復了嗎？」

誠一搖搖頭：

「我回不了家。」

「咦，真的嗎？」

「沒辦法。我坐到叫精靈之森站的地方，但找不到回家的線索。」

「這下可傷腦筋了。不快點回去，一定會有很多人擔心你吧？」

「唔，或許吧。」真的會有人擔心他嗎？

「我到處問人，都沒有結果，這一帶的地名叫什麼？」

「大祭郡大祭町。」

沒聽過。

「有沒有地圖？」

「有大祭郡的地圖，和大祭鐵道的路線圖。」

大祭鐵道好像就是今天坐的路面電車。

烘焙坊老闆拿來折成四等分的細長手冊給誠一。上面有地圖，不過是觀光手冊式的簡圖，完全看不出位在日本的何處。

「不過，今天繼續睡在蕎麥麵店的二樓也實在不好意思。」

「那我介紹房子給你。」

「房子？」誠一苦笑。「我手頭只有一萬四千圓。」今天花了其中的一千圓坐車，等一下付了烘焙坊的蛋糕和咖啡錢，還會變得更少。

「有空房子，不用錢。」

「也不用房租嗎？」

「不用不用。」

烘焙坊的老闆叫馬隆。

誠一請馬隆領他過去，想像那會是一棟多麼破敗的廢屋。房子位在中央廣場站三公里外的地方，最近的一站叫「綠丘站」，是什麼都沒有的荒僻車站。

這裡有好幾座連綿的小丘，綠意盎然，僅零星生長了幾棵樹。

兩人經過小丘上的路，看到半山腰出現一棟三層樓高的大房屋。

「就是那裡。」馬隆說。

洋樓的四周圍沒有其他建築物。

屋頂和門有許多曲線，給人一種渾圓的印象。

庭院有一棵楓樹。

馬隆打開屋門。

寬敞的客廳裡有暖爐，樓梯畫出曲線升上二樓，收納空間異樣地多。感覺屋齡很老了，但沒看到什麼破損的地方。

「屋主呢？」

「本來是魔女住在這裡，但魔女離開了，所以變成空屋。沒有屋主。」

魔女？

「那個魔女去哪裡了？」

「不曉得，她坐著掃帚飛去西海那裡了。魔女反覆無常，對不動產也沒有產權概念，就算任意住下來也沒問題的。」

「魔女不會回來嗎？」

「回來也沒關係啦。這裡有很多空屋，魔女應該也已經預期到自己離開後會有人來住。這個魔女很大方，喜歡蒔花弄草，出發前還到我們店裡來吃過東西呢。」

「那，嗯，我就先在這裡安頓好了。」誠一說。「謝謝你。」

他感到半信半疑，但如果真的不用房租，比起寄身在蕎麥麵店二樓，肯定更自在許多。

誠一走上樓梯，在二樓空蕩蕩的地板坐了下來。

魔女是什麼？真的有這種東西嗎？或者只是玩笑式的比喻？

總之，真的可以住在這棟屋子嗎？

太好了。真的太棒了。

住處決定下來後，中央廣場站那些小店老闆們便陸續送給他餐具和棉被等物品，因此不用幾天工夫，基本的生活用品便一應俱全了。

誠一在房間打開大祭鐵道的手冊研究。大祭鐵道是一條往返於東北的「盡頭之丘站」與西南的「精靈之森站」之間的路線。

「玫瑰泉站」有一座春季玫瑰盛開的大公園，「紅磚迷宮站」春季盛行採草莓活動，「釣魚碼頭站」可以海釣，「鯨魚海岸站」有許多海產店和海水浴場，「洞湖站」可以釣到鱒魚。

隔了幾天，誠一也去了與「精靈之森站」反方向的終點站「盡頭之丘站」。

走出車站後，附近還有零星的農地，但很快地便出現一座荒涼的丘陵，再過去則是矗立著燈塔的海角。

不管去到哪裡，都找不到回東京的線索。

3

誠一在「精靈之森站」下車，走進站前唯一店鋪的三明治店。

牆上掛了一塊黑色的熊皮，感覺足足有兩公尺以上。

商品櫃裡陳列著草莓三明治、炸蝦三明治、照燒雞肉美乃滋三明治等等。也有一些罕見的口味，像是山雉三明治、鹿肉辣醬三明治。

老闆是之前在外頭聊過一兩句的白皮膚男人。

「我要一個炸蝦三明治。」

「好。」三百八十圓。

「我想去森林再過去的那座山。」
「雞山。」
雖然已經聽說再過去沒有人跡，但誠一認為再次確定是很重要的。
「要怎麼去呢？」
老闆拿出地圖，說順著站前的路一直走下去就到了。馬路似乎直接變成登山道。
「你要上山對吧？那如果看到什麼好東西，就撿回來吧。」
誠一原以為老闆要警告不可以亂撿東西，或任意採集山上的動植物和礦物，沒想到不是。
「撿回來以後，可以拿去鎮上變賣。」
「可以嗎？」
「當然可以。」老闆笑道。
「山上有什麼？」
「菇類、山菜、寶石、金塊。」
誠一覺得最後兩項是在說笑，露出笑容。但老闆沒笑：「總之加油吧。」
誠一離開店裡，穿過森林，進入山路。路面雖然沒有鋪柏油，但很容易走。走了一段路以後，他看到凹凸不平的岩壁上露出閃閃發亮的金色部分。

誠一心想：

這看起來像是含有大量黃金的岩塊，但登山道上不可能這麼隨便就有黃金，所以這一定是看起來像黃金的別種礦物。如果把它帶回去，聲稱撿到黃金，一定會惹來訕笑：「啊，這是叫××的礦物啦，雖然很像黃金，可是一文不值。」

但因為剛好有一塊拳頭大小、閃閃發亮的金色岩塊，誠一便撿起來放進背包裡。

沒必要爬到山頂，從半山腰就能充分瞭望四下了。確實，雞山的另一頭直到地平線都是一片無垠的樹海。

礦石店在中央廣場站的珠寶行後面。老闆是位西裝筆挺的白頭老人。

「是黃金呢。」

店老闆用放大鏡大略檢查了一下誠一帶去的岩塊。

「這是在哪裡找到的？」老闆問。

「精靈之森再過去的山，雞山。」

「原來如此，確實只有那裡會有。」老人端咖啡招待誠一。

「我出價八百萬圓，如何？」

誠一以為自己聽錯了。他完全不抱期待，只是想知道自己撿到的礦物叫什麼，才踏進店裡的。

「咦？啊，好，當然好。」

「車站前不是有家三明治店嗎？直到五年前，那裡的老闆也經常帶著各種礦石到我們店裡。不過他說最近腳不太舒服，不太上山了。」

「這東西真的隨隨便便就掉在路邊耶。」

「那裡有很多東西。之所以叫雞山，是因為那座山就像雞每天早晨都會下蛋一樣，會生出黃金和各種寶石。如果又找到什麼，請再拿過來吧。只要是能收購的東西，黃金以外，我一樣會買。」

老人拿出鑽石原石的照片。

「像是鑽石。青金石之類的我也會收購，還有黃寶石。」

老人拿來許多寶石原石的照片，逐一展示。

「有那麼多寶石嗎？」

「山會生出寶石。以前我也會親自和三明治店的老闆一起上山採礦，但最近大概是年紀大了，覺得扛重物上下山很辛苦。」

老人從保險櫃拿出八疊各一百萬圓的現鈔，遞給誠一。

沉甸甸的。誠一把鈔票收進背包，離開店裡。

他幾乎想要跳起來歡呼，但這驚異的發展更令他警覺。他懷疑可能是某種惡作劇。

雜貨店隔壁有銀行。

他推門進去。這是一家叫「森本銀行」的小銀行，只有兩名行員。誠一開了戶，存了七百五十萬圓進去。

多麼峰迴路轉的一天啊！早上的時候，他身上的錢還剩不到兩千圓呢。

接著他走進蕎麥麵店，點了大碗蔥鴨蕎麥麵。

吃完飯後，他拿了五萬圓給老闆：

「我臨時得到一筆現金，請當作之前的住宿費收下吧。雖然我還不算發達了。」

「太好了。」蕎麥麵店老闆接過萬圓鈔，細細端詳。「我說等你發達了再付錢，沒想到你一眨眼就發財啦。那，這算是祝賀你獲得成功。」

老闆將五張萬圓鈔塞了回來。

誠一嘆了一口氣。

「那，請至少收下今天的飯錢吧。」他遞出千圓鈔，老闆點點頭：「謝謝惠顧。」

離開蕎麥麵店後，誠一去了馬隆的店，點了藍莓塔。

「魔女的家住起來如何？」

「很舒適，太棒了。謝謝你。倒是——」

誠一說出在雞山發現金塊，直到剛才在銀行開戶的一連串經歷，馬隆為他開心：

「這不是很棒嗎！應該要慶祝一下。」

來喝一杯吧——他拿出紅酒來。

「我想吃什麼都可以點，我現在付得起了。」誠一也笑著說。

「那，下次你上山的時候，買把槍上去吧。」

「為什麼？」

「你不是去雞山嗎？那一帶有各種東西出沒，像是大熊之類的。」

誠一想起三明治店裡掛的大熊皮。

這天晚上，他在馬隆的店裡喝到天亮。

接下來一個星期，誠一都沒有上山。

他去添購家具，清掃家裡，為庭院除草等等，悠閒度日，或是在綠丘眺望天空放空。他也買了鑿子和鐵槌，為下次上山採礦做準備。也買了槍，在庭院練習射擊。

一星期過去，這次誠一揹著槍，再次坐路面電車到精靈之森站。

他在三明治店買了三明治。

「山上很棒吧？」白皮膚老闆應該還記得誠一，他淡淡地笑，比之前更熱絡地說。「帶槍上山是對的。因為山上有熊和魔物。」

「魔物？」

「魔物很兇猛，很危險。雖然不常出現，但遇上了就得拚命。必須自己保護自己。不過就是這一點刺激。上次你有什麼收獲嗎？」

「我撿到金塊。」

「遇上的時候就可以撿到呢。」

老闆的口氣就像在說，這在山上是天經地義的事，一點都不值得驚訝。

誠一經過森林裡的路，走上山路。

奇妙的是，之前發現金塊的地方變得空無一物。

這次他在其他地點發現發出藍光的岩石。他猜想可能是青金石的原石，用鑿子敲下了約三公斤的量，裝進麻袋下山了。

傍晚他拜訪礦石店，將藍色的礦石交給年老的老闆。

老闆用放大鏡檢查了約兩分鐘，對誠一說：

「八十萬圓怎麼樣？」

「好。」誠一回答。他不知道行情，但相對於付出的勞力，這樣的報酬非常足夠了。一天可以賺八十萬的工作，可不是那麼容易找的。

付錢的時候，老闆說：

「雞山很有趣，但也很危險。你有帶槍去嗎？」

「有，最近剛買的。」

誠一忽然興起疑問：

「這青金石和之前的金塊，會送去哪裡？」

老人微笑：

「送去哪裡？這家店前面的珠寶行、塗料店，還有這附近的商家，用不完的部分，則是被送去不知名的大海的另一頭。會舉辦拍賣會，魔女和有魔力的紳士會飛到海角來競標。」

「也會送去東京嗎？」

「東京？」老闆反問，就彷彿從來沒有聽說過這個地名。「最好別想太多。我們看似知道些什麼，但說穿了其實什麼都不懂。礦物的生命比人類的歷史更要悠久，它們從何處來、到哪裡去，我們不可能知悉這段久遠歷史的詳情。說到底，生活周遭的一切，就是我們這些小市民的全部啊。」

4

信箱裡有一封白色的信。

白色信封上寫著「鈴上誠一先生收」。寄件人是「鈴上香音」。

你好嗎？

你不在我的身邊，我好寂寞。

我不知道這封信能不能寄達，但我沒有一天不想你。

信件像這樣開頭。

內容不斷地重複「好想你」、「希望你回來」、「我愛你」、「我永遠等著你」之類的句子，關於寄件人的狀況，只提到兩句：「世界現在岌岌可危」、「許多人對我伸出援手。我們彼此扶持」。

誠一盯著寄件人的名字片刻，終於想了起來。

這個寄件人鈴上香音，是他的妻子。

這個事實帶來的震撼，讓他呆了好半晌。

他是有婦之夫。雖然無名指上沒有戴婚戒，但他確實結婚了。

他依稀想起妻子的臉，卻一時無法從腦中想出更多的細節。

信上說希望他回去，但他不知道該怎麼做、要回去哪裡才好。

這天晚上，誠一久違地夢到了從前。

他人在東京都，早晨傍晚都在電車裡人擠人。

每個月的加班時數違反勞基法，以前也有員工因為過勞而自殺，但公司裡沒有半個人要求改善。準時在應該下班的時間打卡，接下來就是沒有加班費的無止境勞動。

公司裡有種氛圍，會把不想加班、想要請有薪假的員工貼上各種標籤——「無心做事的懶鬼」、「擺脫不了學生心態，無法適應社會，只會拖累別人的豬隊友」。

公司的薪水不算好，也無法學到有助於跳槽的技術，只有免洗員工不斷地進來又出去。徵才雜誌上永遠都有他們公司的廣告。

在夢裡，他也想起了妻子。

他是透過社群網站認識妻子的。

交往了幾個月就論及婚嫁，妻子卻在結婚前一刻哭著坦承她揹了一百萬的債，還曾經離過婚。但他還是和妻子結婚了。

債務由妻子家付了三十萬，誠一還了剩下的七十萬。

婚後，妻子沒有外出工作，也不做家事，誠一下班回家時，經常不見妻子人影。

「偶爾跟朋友出去逛逛，又有什麼關係？我前男友心胸就沒這麼狹窄。」

每一天都被勞動填滿，與妻子相處的時間不多，而且他們絕不能算是一對和睦的夫妻。

怒吼聲。

啊，這是自己的聲音。

不知道是在為什麼生氣。總之自己在怒吼。

醒來一看，窗外下著靡靡秋雨。

誠一全身裹在毯子裡，汗水淋漓。

寬敞的室內一片空蕩蕩。

他在暖爐裡生了火。

再次讀信。信封上沒有寫這個家的住址。誠一自己也不知道這裡的住址。告訴別人的時候，只要說綠丘站附近魔女以前的家就知道了。沒有住址，這封信是怎麼送到的？

夢中的記憶漸漸變得曖昧模糊。

剛來到這裡的時候，他覺得非回去不可，想方設法，但最近已經不會積極地想要回去了。習慣以後，這裡住起來實在很愜意，他問自己想不想回去，卻沒有確切的答案。

藉由變賣夏季到秋季在雞山採集到的礦石，誠一在森本銀行的存款突破了兩千五百萬圓。

他在雞山看到許多野生動物，有鹿、山豬、孔雀、山雉、狐狸、狸貓、不知名的猿猴，但沒有遇到像是魔物的東西。

踏進一片寂靜、被陰涼的空氣所籠罩的山中，下山後在鬧區的中央廣場站享用溫熱的食物，這樣的落差也讓他十分享受。

5

下雪後的隔天，氣溫回暖，積雪融化了。

誠一正在中央廣場站附近的酒行挑選日本酒。他拿了一瓶「雁木」結帳，剛付完錢，警報聲便響遍了全鎮。

「啊，出現了！」酒行老闆衝出屋外。

誠一納悶是什麼東西出現了，也一起出去。

寒風拂過臉頰。

眼前異樣的情景令他「嗚」地倒抽了一口氣。

廣場有隻手腳極長的赤黑色異形生物，外形就像隻大蜘蛛。

雖然趴在地面，但如果測量身高，感覺應該有五公尺高。異形有八隻眼睛，長長的手指前端生長著利刃般的爪子。

誠一想：啊，這就是三明治店老闆說的魔物嗎？

如果在山上遇到這種怪物——也難怪他會勸誠一買把獵槍護身。

各家店鋪的老闆和顧客紛紛帶著武器從店裡跑出來。

魚店老闆拿著魚叉、服飾店老闆手持長槍、肉店老闆舉著獵槍，蓄勢待發。其他人也是，五個人裡面就有一人拿著某些武器。

誠一不經意地望向烘焙坊，看見馬隆也拿著弓箭站在店門口。

「上啊！」一聲大吼。是魚店老闆。

「噢——！」眾人吐出白色的呼吸，舉起武器。

舉起獵槍瞄準的肉店老闆發出英勇的吆喝，指揮若定：

「追上去！離開離開！賣魚的，繞到後面！」

怪物揮舞著手腳，逃進道路，但立刻就遭到前後包夾攻擊，背上插滿了無數支箭。

誠一混在看熱鬧的群眾當中，看著男人們奮戰的模樣。

眾人吐出白色的呼吸，追趕著怪物。怪物破壞建築物的圍牆和屋頂，發出咻咻威嚇聲，揮舞生著利爪的前腳，但在拐過轉角時，被服飾店老闆從旁一槍插進肚子裡，又被爬上屋頂的肉店老闆開槍擊中腦袋，癱倒在地上。

緊接著魚店老闆將魚叉刺進怪物的肚子。

怪物的動作完全停止了。

人們發出放心的嘆息，掌聲與歡呼此起彼落。

死去的魔物冒出黃色的火焰燃燒起來，化成灰燼消失了。

結束之後，緊張鬆弛下來，氣氛變得和樂。

幸好沒什麼災情、啊，真是辛苦了——眾人彼此慰勞著，魚貫返回原本的崗位。

誠一看到馬隆，向他攀談：

「我第一次看到，這就是魔物吧？」

「嗯，一年會出現個一兩次吧。」馬隆以傷腦筋的口吻說。

「是從哪裡來的？」
「不知道呢，外面來的。很多人說是從雞山的另一邊來的。」
馬隆因為抓不到放箭的時機，最後只是跟看熱鬧的民眾一起在後方觀戰而已。
魔物來襲、以及居民合力消滅魔物的過程，總覺得就像一場祭典。

冬季期間，信箱又收到一封信。
是內閣總理大臣寄來的。
收件人姓名是「鈴上誠一先生收」。

自從可怕的那一天以後，昔日的和平消失無蹤。但我們日本國依舊存在，正傾全國之力試圖營救您。
這是人類被賦予的考驗。無論多麼艱難，我們都會團結一致面對這場災禍，贏回和平。
您並非孤軍奮戰。請不要放棄希望——

信件還有後續，結尾寫著「期盼您成為英雄凱旋的那一天」。
這應該是惡作劇吧，誠一想。內閣總理大臣不可能寫信給失蹤人士，況且這個總理大臣的名字他也不認得。他也想過或許是他失蹤的期間換了總理，但無從印證。

看看信封，和妻子寄來的信一樣，沒有住址。但他想不到有哪個朋友或認識的人會做這種惡作劇。

他在暖爐前喝著紅茶出神，漸漸地覺得自己的人生就像是某人的惡作劇。

6

春天到了。

誠一前往冬季期間避免前往的雞山。

他揹著獵槍，帶著工具，小心翼翼地上山。

山頂附近還有積雪殘留。他走在半山腰的路上。

山上有湧泉，附近有閃閃發亮的石頭。

他採了約五公斤重的岩塊下山，拿去給礦石店的老闆鑑定。

「這是鑽石的原石。一千萬圓怎麼樣？」

誠一忍不住笑出來：

「這麼多？」

「這個金額很合理。」

「那座山上滿滿的都是礦石呢。」

「因為是山生出來的，取之不盡。即使拿光了，隔年又會從地表冒出來，就像香菇一樣自己出現。」

礦石店老闆說。

誠一很納悶，如果可以這麼輕易賺到錢，其他居民為什麼不去撿？但每次搭電車在精靈之森站下車，前往雞山的人總是只有他一個。

不過仔細想想，在這個世界，金錢有多大的重要性？

誠一認識的居民，沒有一個人過著窮困的生活，也從來沒有看過流浪漢。

在這裡，工作一定就是一種職責。

就像馬隆不斷地製作美味的甜點、鎮上只有一家肉店，只要找到自己的天職所在，金錢，尤其是存摺裡的餘額，或許是無足輕重的。

誠一去馬隆的店裡坐坐。

「歡迎光臨。天氣愈來愈暖和了呢。」

「春天到了嘛。」

他點了淋奶油和蜂蜜的鬆餅。

「世界現在很危險嗎?」

之前出現怪物的廣場各處設有花圃,正綻放著春季的百花。

「咦?世界嗎?不曉得耶,很危險嗎?」馬隆說。「為什麼這麼問?」

「不曉得。」誠一說。總理大臣寫信給他,這實在有些荒誕無稽,聽起來像吹牛,而且萬一引起馬隆強烈的好奇,他也不知道該如何應對,所以他沒有說出來。

「可是,世界基本上總是危險的呢。世界就是危險的。」

「說的也是。」確實,回想起來,世界各地總是有戰事在發生,日本列島也是,隨時隨地都有地震等重大災害。

世界無時無刻總是危險的。

「這裡很和平呢。」

「會嗎?有魔物出現啊,就像之前那樣。」

「除了魔物跑來以外,還有什麼嗎?」

「唔……」馬隆沉思。「沒有火山或地震呢。說到有什麼,這麼說來,夜間舞會就快到囉。」

「那是什麼?」

「該怎麼形容呢……化裝舞會？是大祭郡這一帶的夜晚狂歡節慶——也沒到這麼誇張啦。」

「在哪裡舉行？」

「盡頭之丘站再過去的原野。」

馬隆說明，春季的滿月之夜，盡頭之丘的原野會舉行化裝舞會。時間是晚間九點直到天亮。這個活動被稱為「夜間舞會」。

參加者都必須戴面具，沒戴面具的人不能參加。

起初誠一沒什麼興趣，但聽著聽著，又有點想去看看。春季夜晚，居民們戴著面具一同舞蹈——他的腦中浮現一幕宛如繪畫般的妖異畫面。

「馬隆也會去嗎？」

「呵呵，不告訴你~」馬隆不知為何似乎害臊了。「告訴你就沒意思了啊。還有，精靈群的季節到了吧，或許差不多可以看見了。」

「什麼是精靈群？」

「晚上看天空就知道了。」

廣場東邊的商家有賣面具。是販賣手環、項鍊和雜貨的店鋪，牆上陳列著多達幾十款的面具。羊、牛、馬、鳥、怪物、骷髏頭，每一個面具都絢爛閃耀。

誠一想起馬隆說也有很多人自己做面具，但他只是想去看看夜間舞會是什麼樣子而已，覺得不必那麼費事，買了兔子的面具。

入夜以後，誠一走上自家三樓陽台，仰望夜空。

月亮出來了。這時，他發現有個藍白色的光點在空中移動。速度比飛機還要慢。看著看著，又發現其他同樣在移動的紅色及綠色光點。

原來如此，那就是精靈——精靈群嗎？

高度是多少呢？比雲還要低，也許頂多只有兩千公尺高。

馬隆說，這個世界的上空有天使、精靈、風人等棲息，精靈群是其中最為普遍的，可以輕易觀測到。到了春天，便會有許多發亮的光點飛過這個地方的天際。

他說精靈群多半隨著春風來到此地，精靈群的出現，就宣告了冬季結束。

誠一專注地看著，又有三十到五十個光點飛過。色彩有紅有綠、有橘有紫、有藍有黃有白，讓人聯想到煙火。

這些光點一個接著一個出現，因此即使專注地看，也沒完沒了。誠一吃了沙拉和肉派當晚餐，帶著面具和長袍出門了。

坐上路面電車，車廂裡已經有許多戴面具的乘客了。似乎男女老少都會參加，有手裡拿著面具的老人，也有年輕男女。有穿禮服的小姐，也有穿和服的青年。

在盡頭之丘站下車後，沿路排滿了蠟燭。看來順著兩邊鑲上蠟燭的路走去，就會抵達會場。

很多人攜家帶眷來參加。

誠一一個人走著，漸漸地感到羞怯起來，心想或許這是應該攜伴參加的活動，但仔細觀察，也有一個人來的男女。

仰望天空，明月皎潔，數百個精靈悄無聲息地飛往大海的方向。

誠一戴上兔子面具。

抵達廣場後，有鼓、大提琴和曼陀林組成的樂團。樂手也都戴著面具。

身穿禮服的女人和燕尾服的男人已經開始跳舞了。

誠一任由夜風吹拂，正茫茫然地看著，忽然有人一把牽起他的手，把他拉進舞池裡。

握著他的手的人，戴著像鬼牌小丑的面具，穿著小丑的服裝。從身材和小巧的手，他猜測可能是個十幾歲的少女。

是這樣跳——少女在面具底下愉快地咯咯笑著，指點誠一跳舞的竅門，接著倏地離開了。

感覺就像和女孩跳了舞，也像是與鬼牌小丑跳了舞，有種不可思議的興味。

一會兒後，一個戴狐狸面具的女人握住了誠一的手。

那隻纖細的手戴著絲絹手套。女人忽然偎近誠一的胸膛，細語：「金井先生？」「我不是。」誠一悄聲回應。「咦，不好意思。」女人笑著離開了。

他覺得有點熟悉，想到：啊，這是民族舞蹈。面具民族舞蹈嗎？

有人抓住他的手。是戴貓面具的男人。

「嗨，好哥兒們～」

聽聲音就知道了，是馬隆。

「馬隆？」誠一問，貓面具的男人說：「是嗎？不知道是誰才好玩呀，誠一老弟。」男人離開了。

人一個接著一個過來，誠一就像陀螺一樣團團轉。

緊張解除後，他漸漸地忘掉了羞怯，開心起來，感到飄飄欲仙。

有時跳累了便離開舞池中央，稍事休息。觀看舞蹈會場的人群也十分有趣。第一個找他說話的小丑少女和疑似朋友的少女歡樂地舞蹈，也看到其他面具男女手挽著手，消失在森林裡面。

他再次踏進舞池裡。

黎明近了。

誠一和一個女人手牽著手，走在盡頭之丘通往海邊斷崖的路上。

這裡已經聽不到會場的音樂聲了。

誠一輕輕地把手伸向女人的臉，摘下面具。

面具底下是個黑髮的女人。表情有些靦腆。

「其實天亮前都不可以拿下面具的。」

「天已經亮了啊。」

誠一也拿下自己的面具。

他端詳了女人的臉片刻，總覺得無比地懷念。他覺得自己在久遠的過去，就已經認識這名女人了。啊，對了，他認識她。是以前在電車裡——來到這裡的那一天看到她的。但他甚至覺得那是遙不可及的前世。

「我覺得我早就認識妳了。」誠一說。

女人也目不轉睛地看著誠一說：

「我也有這種感覺。」

誠一和女人在拂曉的風中，片刻之間就這樣注視著彼此。

「妳住在哪裡？」

「盡頭之丘山腳下的農舍。」女人說。「我叫娜莉耶，盡頭之丘的娜莉耶。我們還會再見面嗎？你叫什麼名字？」

7

初夏，街道的紫薇開出白花時，屋前的信箱又收到了一封信。

誠一嚥了嚥唾液，帶著信進入屋中。

寄件人是「防衛省．異空間事象應變中心」。信很長，總共有三十頁，並附上八頁名為附件的文件。

鈴上誠一先生：

我是異空間事象應變中心的部長田村。

我想，您目前一定被隔絕在所有的資訊之外，處於無比的孤獨當中。

我們並不清楚您對狀況有多少瞭解。

我們同時傳送了總理和尊夫人的信給您，但次元轉換的時間有誤差，也許這兩封信會比這封信更早送達。

我想在這封信裡說明兩件事：首先是世界發生了什麼事？再來是您發生了什麼事？

世界發生了什麼事？

我從頭說明。

二〇××年一月十九日清晨，「未知體」來到了地球。

「未知體」——這究竟是什麼，目前仍眾說紛紜，未有定論，不過人類首次遭遇到這樣的存在。

首先是一月十九日，觀測到無數的火球。

接下來，天空發生了尚未解明的現象。

那是一種空間的扭曲，看起來像洞穴，也像是別的什麼。

很快地，世界各地出現了無法根除的普尼（參考附件1）。普尼完全就是憑空出現，這種蛞蝓狀的白色物體從馬路排水溝、下水道、雜草叢生的空地等地方冒出來，並開始侵蝕所有的一切。

對於這一連串的發展，目前是如此解釋的：

「原本飄浮在外太空的某種特殊氣體進入地球，與地上的有機物質（或是細菌）產生化學反應，誕生出未知的生物。」

附件1——

「普尼」

普尼是外形肖似白色年糕的不定形生物，柔軟，沒有手腳五官，也沒有內臟，但會緩慢移動，攝入有機物質，做為營養。體長小於一公釐以下即會死滅。會與其他個體融合，不斷地成長。

普尼於一一九以後出現在世界各地，推測智力極低。亦被稱為宇宙黏菌。怕熱。

自從普尼出現以後，世界各地便開始火災不斷。

因為普尼怕熱，可以用火焰放射器殺死其個體，但大多數情況，著火的普尼會失控暴衝，導致火勢延燒至各地。

一次大規模的火災，使得大阪三分之二的面積毀於祝融。

而普尼只要留下一丁點殘渣，就能夠再次成長，持續分裂，又在下水道等處不斷地增殖，因此不管再怎麼消滅，都無法將其斬草除根。

現在不管是在市區還是路邊，沒有任何一個地方看不到普尼。

一一九以後，有許多人精神失常。人們開始夢見規模壯闊的宇宙惡夢，被無力感和自殺願望糾纏，每年的自殺人口多達上百萬人。

出生率則是降低到普尼出現前的十分之一。

後來，我們開發出新型觀測機，觀察上空的神祕現象，發現地球被一個巨大的水母狀物體（參考附件2）所包圍。

這裡用概念圖來說明。請想像一個地球，然後有個相當於北美大陸大小的水母以無數隻觸手刺入地球，攀附其上。這就是透過觀測得知的地球目前的狀況。

這個巨大的水母有個核心，但連它是不是生命體，都意見分歧，莫衷一是。當前的結論是，即便它是生命體，也不符合我們地球人所定義的生命概念，是完全未知的存在。現在人們稱之為「未知體」。

附件2——

「未知體」

自外太空飛來的物體。外形宛如水母，體中央有核心。在地球的大氣圈外製造出「思維的異界」，靜止於該處，幾乎沒有活動。完全不回應電磁波等一切通訊手段，同時由於它位在不同的次元，無法對其進行物理攻擊。專家指出核心的顏色變化，與普尼的活性化有密切的關聯。普尼藉由吸收「未知體」放射出來的能量而活，近似植物與太陽的關係。

未知體亦被視為隨機侵襲全體人類的惡夢，以及人類衰退的罪魁禍首。

「未知體」雖然能透過觀測異次元的儀器來進行觀測，但由於它存在於其他次元——「思維的異界」，而不屬於我們的物理領域，因此無法以肉眼目視，亦無法用導彈等武器直接進行攻擊。

這樣的狀況就如同十九世紀的人類透過望遠鏡觀月，但我們很快就在「未知體」當中發現了驚人的東西。

「未知體」的內部，緊鄰核心旁邊，有一個人類被吸入了該處。

我們並且觀測到，那個人類還有生命跡象，正發射出腦波。

那個人就是您。

我要再次重申。

鈴上誠一先生，您現在正飄浮在這個地球外超生物的核心附近。

您一定非常驚訝。或是您完全清楚自己的狀況？

在思維的異界中，就您的主觀視點，應該是可以自由活動的。我們依據觀測儀器捕捉到的您的腦波如此推測。

我們推測，在您的周遭，應該是一片宛如進化版虛擬實境的「世界」。

我們不知道您看見什麼、聽見什麼、感受到什麼。

無論如何，那裡都是您在宇宙水母的體內所夢見的世界。

我們不清楚為什麼您會待在那種地方、處於睡夢之中。

是「偶然」抑或「必然」？

是「未知體」的生態系統所必要的嗎？

或者「未知體」也沒有料到這樣的發展，是一起意外事故？

目前我們能夠做的，只有利用次元傳送裝置送信給您，但「另一邊的您」無法回覆我們。目前的通訊只能是單行道。

我們會持續送信給您。

專家認為，在思維的異界，時間的流速與我們現實的地球似乎不同，在我們的世界，自從可怕的一一九那天以後，已經過了五年。

人類正在加速開發新的次元傳送裝置。一旦完成，將會有新的突破。

請您千萬不要放棄希望。

誠一伸了個懶腰，把信擱到邊几上，決定睡個午覺。

打開二樓窗戶，五月的風吹了進來。

確實，妻子和總理的信先送到了。雖然莫名其妙，但這下就可以解釋他心中的幾個疑問了——前提是信上說的都是真的。真的是這樣嗎？

一思考就發睏。誠一緩慢地撫摸自己的身體，撫摸光滑的地板。一切都是真實存在——至少對他而言。

8

誠一在中央廣場時，有人輕拍他的背。

回頭一看，是夜間舞會結束時，一起在拂曉時分散步的女人娜莉耶。

「你好。」

娜莉耶說。她穿著白色短袖上衣。

「妳好，已經入夏了呢。」

誠一沒有說「我們一起在黎明散步過呢」。這是心照不宣的事實。

「剛才我聽烘焙坊的老闆說，你是去年來到這裡的？」

「啊，妳見到馬隆了嗎？對，不過去年這時候我還不熟悉環境，充滿不安。現在已經漸漸習慣了，很享受這裡的生活。如果妳不嫌棄，要不要一起吃個冰？」

兩人向車站前小販買了霜淇淋，坐在樹下的長椅，誠一覺得好像回到了十一歲。

兩人坐在樹蔭下的長椅聊了一會兒。

「妳都會來廣場嗎？」

「嗯，坐路面電車來。」娜莉耶說。

「你也知道，盡頭之丘站就只有羊、農地和斷崖絕壁而已。」

「妳去過電車另一個終點站，精靈之森站嗎？」

「沒有。那裡不是有熊和魔物出沒嗎？」

「就算出現，頻率也很少。我都去森林再過去的雞山採礦石。」

「你真勇敢！可以採到什麼礦石？」

「鑽石、青金石和金塊。」

「拿去做工藝品嗎？」

「沒有，賣給礦石店而已。」

兩人一起散步到中央廣場站的下一站，玫瑰泉站。

紅磚小徑宛如迷宮，細小的渠道縱橫交錯，裡面有金色的鯉魚在悠游。綠意盎然，遠處的山丘上冒出滾滾積雨雲。

兩人一起在園內散步，去咖啡廳用餐，不知不覺到了傍晚。

他們約好下次見面，揮揮手道別了。

頂著初夏向晚的天空，走在歸途的山丘小路上，總覺得眼中所見的一切，全都是那樣的鮮豔、夢幻而美麗。

後來兩人開始頻繁見面。

誠一去娜莉耶的農舍玩，娜莉耶來誠一的家作客。

兩人一起在原野散步，在河裡釣魚，用採來的山菜煮飯。

秋天，誠一與娜莉耶在兩人認識的盡頭之丘站的原野舉行了婚禮。

這是個風和日麗的好日子。

誠一鎮上的朋友都來參加，兩人坐上鮮花裝飾的馬車，一路遊行到中央廣場站。

路上的孩子們把花束投進馬車裡。

到處盛開著波斯菊。

然後娜莉耶搬進誠一的住處，一起生活。

信箱裡收到了幾封信。

一封是母親寄來的。信上描述兩老如何從普尼的威脅中生還。父母似乎都還健在，但父親住院了。還提到有幾個親戚過世了，以及死掉的同學。他們比誠一所想的更為他擔心。

接著是名字不認識的男人寫給他的信。信上說他是誠一讀國二時的同學。

誠一試著回想自己讀國中的時候，卻是一片空白。

對方在信上說他現在是計程車司機，想要為學生時代霸凌誠一的事誠摯道歉，說他到現在仍會想起當時的事，後悔萬分，痛苦不已。

我在新聞上看到你現在可怕的狀況，因此前往異空間事象應變中心，請他們務必把我的信也一起放進去。因為如果現在不向你道歉，一輩子都沒有機會了。

誠一重讀了幾次，隱約想起了寄件人的臉。

國二的時候，的確好像有同學欺負他。但同學說後悔萬分、痛苦不已的那些欺凌行為，他覺得只是很普通的拒絕和惡意，除非是個性或運氣極為得天獨厚的人，或多或少都一定會遇到。

——沒想到他會那麼後悔、痛苦，真令人意外。這有什麼好在意的呢？我們都已經長大了啊。

同學在信尾寫著「等你生還，務必讓我請你喝一杯」。

誠一覺得胸口莫名地一熱，拭去不知不覺間泛出眼眶的淚水。

另一封信似乎是女人寄的，名字一樣似有印象，又不記得，他花了好久，才想起女人跟自己是什麼關係。

這名寄件人居然是誠一私心愛慕的女主播。

發現這件事時，誠一大受動搖。

女主播的信也從交代近況開始，提到她的朋友在普尼爆發性增加時引發的火災中喪生，她擔任志工東奔西走，最近在綜藝節目中被主持人捉弄，糗極了。

「我總是牽腸掛肚地關注著您的觀測狀況」，筆鋒一轉，文體變得微妙地親暱。

您現在是世界上最有名的人。全世界都在關注您。或許您會覺得害羞，但您在過去是個什麼樣的人，新聞節目都詳盡報導了。透過這些報導，我深入瞭解您的為人，並愈來愈強烈地同情與尊敬您。您這個人從不矯飾、個性溫暖、有些笨拙，總是代替別人受傷，卻又總是默默地一個人扛下來，不會拿來吹噓炫耀。您是真正的英雄。我把我的夢想告訴您吧！我的夢想就是與生還歸來的您一起喝一杯。我不知道您對自己有什麼樣的評價，但是您知道嗎？其實有很多女孩子愛慕著您。您真的有很多地下粉絲喔！我有幾個朋友也是——包括我。

誠一定定地瞅著信紙。「包括我」的後面，畫了一個臉紅的圖案。

信的結尾是「如果您平安生還，我一定會私下去找您，聽聽您的歷險記！」這話從某些角度來看，也像是超出奉承的異性示愛。

誠一嘆了一口氣，仰望天花板。

他以前是這個女主播的粉絲，現在卻連她的長相都想不起來了。

他被徹底調查了。他這個人從手機和電腦的閱覽記錄，到國中的苦澀往事，所有的一切都被國家徹底調查過了。他想像與自己有關的許許多多的人，依序一個個走進類似偵訊室的地方。就是這些人的其中之一，說出鈴上誠一欣賞這名女主播的事吧。

娜莉耶走過來，探頭看信。

瞬間，誠一覺得應該把信藏起來，但又覺得自己並沒有做任何虧心事，需要對她隱瞞，便任由她看。

「你要寫信給誰嗎？」

娜莉耶的視線並沒有看著文字。

「這是寄給我的信。」

「可是那是白紙呀？」

「白紙嗎？妳仔細看。」

娜莉耶拿起信件注視了一會兒，還給誠一：

「是白紙呀。」

外頭颳起強風，玻璃窗喀喀作響。

「有人寄白紙給你嗎？」

「咦？」這不是白紙，但娜莉耶看不到信上的文字嗎？

娜莉耶歪頭沉思，停頓了片刻後說：

「聽說魔物來自這個世界的外面。雞山再過去很遠的地方，有一片混沌的大地，就是從那裡來的。還說魔物不一定都是鎮上出現的那種動物外形，也有形似人類的魔物，他們更具智慧，會說人話，而且奸詐狡猾。」

「這樣啊。」

「我想到奶奶以前告訴過我，聰明的魔物叫做惡魔，會寄來只有收件人才看得懂的信，讓鎮上的人發瘋。我問為什麼惡魔要這麼做？奶奶說，因為這就是惡魔的工作。」

娜莉耶的眼中浮現淚水。

「奶奶說，曾經有個男孩被惡魔的信所欺騙，乘上小舟出海，從此再也沒有回來。那個男孩收到惡魔佯裝成他死去的母親寫給他的信，說只要他出海，母親就會在海上迎接他。」

「沒事的，妳不用擔心，我會待在這裡。而且我本來就是從外面來的，外面的事，我非常清楚。」

誠一低喃道。

這天晚上，鈴上誠一做了噩夢。

是被上司痛罵的夢。誠一穿著西裝，站在辦公室。業務助理的女員工滿臉同情地看著他。

然後誠一魂不守舍地出了公司。他已經連續工作了二十天。他站在車站月台，一手抱著公事包，忽然覺得地面在搖晃。他以為地震了，但不是。胸口悶極了。無法呼吸。為什麼？為什麼他要這麼痛苦？

人群雜沓。大批人潮湧來。好難受。

走進廁所，拿出女主播的照片。

他目不轉睛地看著照片，幻想只要回到家，她就會在家裡等著他。當然，這只是幻想。

回到人群當中，一名年輕人的肩膀猛地撞了上來。

他聽到咂舌頭的聲音。

對不、起……誠一擠出聲音，但撞他的人已經走掉了。

他一無所有。沒有朋友。沒有伴侶。他的心中充滿了愛，想要把愛奉獻出去，卻苦無對象。

急行列車以殺人的速度滑進月台。

誠一醒了。

那到底是什麼時候的畫面？

一定是結婚以前。

不知道。是遙遠的前世的碎片。

渾身大汗。他抹去淚水。

娜莉耶背對著自己。

應該已經沉睡的娜莉耶翻身面對這裡。她閉著雙眼，發出鼻息。

娜莉耶倏地伸手，握住了誠一的手。就彷彿本能地察覺誠一正感覺到不安，想要為他抹去憂慮。

誠一握緊娜莉耶的手，娜莉耶將他擁了過去。

9

鈴上誠一先生：

我是異空間事象應變中心的田村。

距離寄出第一封信，這裡已經過了一年（但您那裡的時間流速與地球迥異，亦無法推估信送達的時間落差，因此我不清楚您讀到這封信時，又過了多久）。

上一封信也提到，次元傳送裝置能夠傳送的質量與資訊量有限，因此我們僅挑選了幾封較為重要的信件送去。雖然很希望將來自全世界的訊息都傳送給您，卻是心餘力絀，令人懊恨不已。

本次的各國首腦會談當中，終於針對「拯救地球作戰計畫」做出了決議。這場作戰計畫少了您便無法成功，同時這也是「拯救您的唯一方法」。

以下的說明至關重要，務請細心閱讀。

之前我們也在信中多次提到，您現在身處的地點，是一切的元兇、纏繞著地球的外太空物體的核心附近。那裡被稱為思維的異界，是一種近似夢境的場所。

我就單刀直入地說了。

我們希望您肩負起破壞核心的任務。

只要核心被破壞，附著在地球上的這個未知體也會死去。

它應該會化成碎片，煙消霧散，消失在太空中。日漸覆蓋地球的普尼也會因為失去來自本體的能量供應，變回單純的有機物（就宛如失去太陽的植物）。

只要您破壞核心，人類就能得救，理所當然，您也能脫離那思維的牢籠，回到地球。

每當看到觀測機的資訊畫面，我總是忍不住嘆氣。

為什麼您會在那裡？

我不知道理由。

但您就是在那裡。

您是人類存亡的關鍵。

也許，這個世上是有神明的。

請務必貢獻您的力量。

我們認為核心存在於思維的異界的某處。

請您找找看。可能性之一，它或許「理所當然、清晰可見地就飄浮在那裡」，但也有可能並非如此。或許核心變化成某種形態。

您心中是否有底呢？

如果有的話，請破壞它，或設法讓它被破壞。

思維的異界並非所謂的幻想本身，您在那裡的行為會反映在「未知體」的生命活動上。譬如說，如果能以槍械等武器破壞核心，應該就能拯救世界。

誠一趁娜莉耶不在的時候，把之前收到的信都拿了出來。他把信全部重讀了一遍，然後放進暖爐，點火燃盡。

10

鎮上遭遇了幾次魔物的攻擊。

不光是中央廣場而已，魔物有時亦出現在玫瑰泉站周邊，精靈之森站的三明治店也曾經遇襲。

它們外形各異，有時是軟體動物，有時就像爬蟲類，但一眼就可以看出是魔物。

每當魔物現身，居民便會團結一致將其打倒，就像某種祭典狂歡。誠一也一起用獵槍幫忙射殺魔物。

有一次他在雞山遇到了魔物。
當時他去採礦，隻身一人。
誠一輕輕地將採到的藍寶石原石放到地上，舉起獵槍瞄準。
那是一個形似鍬形蟲的魔物，頭部有巨大的角。
剛好背對著他。
但也許是察覺到動靜，魔物慢慢地轉頭，視線停留在誠一身上。
魔物目不轉睛地看著誠一。誠一汗流浹背，舉著槍就這樣僵住了。
魔物急忙將全身轉向誠一，然後慢慢地低下頭來。
那動作看起來像在行禮，但也像是突擊前的準備動作，誠一開槍了。
第一發擊中了角。角折斷飛得老遠。魔物長長的手在臉前亂揮，發出吱吱叫聲，看起來像在傾訴什麼，但他不能讓魔物逼近過來。
再一發。
魔物後退了。
誠一接連開槍。
魔物的後方剛好是斷崖，第三發命中時，彈開的魔物墜落懸崖了。
魔物從視野中消失了。

誠一慢慢地數到六十。

然後舉著槍，移動到崖邊。

魔物的屍體在崖底冒出黃色的火焰。他鬆了一口氣。

誠一回到精靈之森，把遇到魔物並打倒的事告訴三明治店老闆，老闆大力讚揚他的英勇，驚嘆他居然敢獨力對抗魔物，並且平安生還。

「鍬形蟲怪嗎？一定是前些日子攻擊我們店的傢伙。那個時候加上站員還有從事林業的大叔，我們三人聯手才擊退它，而你居然一個人就把它消滅，真是太厲害了。恭喜，這下你就是獨當一面的獵人了。」

存摺餘額超過一億圓，從經濟面來看，他已經沒有必要上山了，但誠一還是想要繼續上山。每次上山，撿到的東西都不一樣，樂趣無窮，而且在山上遇到的一些危險刺激，也成了滿足精神不可或缺的活動。

娜莉耶懷孕了。

她回去娘家生產。這時是櫻花季節，誠一在產房旁邊的房間走來走去，坐立難安地等待。

不久後，傳來嬰兒呱呱墜地的哭聲。

他把女兒命名為櫻姬。

櫻姬是個活潑的孩子。快滿一歲就會站立，在家裡和庭院跑來跑去。誠一最喜歡跟在發出歡快笑聲、用小小的腳跑來跑去的孩子身後。

「我要玩等我等我！」女兒說。

等我等我就是說著「等我等我」，在孩子後面追趕的遊戲。每次這麼做，女兒就會發出瘋狂的笑聲，全力奔跑。

帶女兒到中央廣場站，去公園玩耍，然後在馬隆的店和女兒一起吃甜甜圈，是誠一最感幸福的時光。

後來誠一又收到了幾封來自地球的信，但他沒有讀，直接丟進暖爐燒掉了。

11

這天，誠一漫不經心地望向窗外，發現家門口站了一個穿灰西裝的小個子男人，手上拿著測量儀器。

那儀器很像握力計。

男人收起儀器，繞到玄關。不一會兒便傳來「噹噹」的門鈴聲，誠一出去應門。

「來了~你好。」

開門一看，男人比剛才看到的還要嬌小。

身高可能還不到一百四十公分，但並不是小孩子，臉是成人男性的面貌。他提著剛才收起儀器的黑色皮包。

相較於身高，肩膀寬闊，頭顱也很大，整體印象方方正正，讓人聯想到骰子。

男人低聲問：

「請問是鈴上誠一先生嗎？」

「對，我是。」

男人頓時開心地笑逐顏開：

「啊、啊、啊，我太開心了，總算見到您了。是真的、如假包換的鈴上先生，人類史上最重要的人物。」男人再次連聲地「啊、啊」驚嘆。「啊，不好意思太激動了。自我介紹得晚了，我叫中月活連，中間的中，滿月的月，活力的活，連續的連。」

中月活連。

「我來自您原來的世界。」

「咦？」誠一嚇了一跳，想要說什麼，卻又說不出話來，左右搖頭。「有辦法過來嗎？」

「原本不可能，頂多只能透過次元轉換傳送信件而已，但最近終於完成了最新的次元傳送砲『晴天』，可以傳送大質量的物體。信送到了嗎？」

「呃，嗯。」

「世界各國也陸續完成了相同的次元傳送砲，現在全世界都可以嘗試進入這個世界了。不過抵達這裡的人類，我應該是第一個吧？」

誠一沉默著。

「誰來了～？」

兩歲七個月大的櫻姬「咚咚咚」地從屋裡跑過來。

娜莉耶在後院整理花草。

男人稜角方正的臉總顯得有些冷冰冰。

「櫻姬也要打招呼，你好。」櫻姬向男人道好。

「啊，不好意思，請等一下。小櫻，去媽媽那裡。」

誠一抱起櫻姬，把她交給在後院整理花草的娜莉耶。他交代說有熟人來訪，要出門一下，急忙回到玄關。

「不好意思，我們去別的地方談吧。」

「好的，就這麼做吧。」

誠一和中月肩並肩走在路上。

「不過，原來是這種樣子啊。真令人驚訝。鈴上先生看起來是個很正經的人，我放心了。喏，我們知道您過去的經歷，所以大概瞭解您的為人，但因為狀況實在太特殊了。」

「呃，信上說的都是真的嗎？」

地球真的被「未知體」纏上，陷入危機嗎？

中月活連仰望誠一。身高差了三十公分以上。他皺起眉頭，噘起嘴唇說：

「是真的。自從一一九以後，已經不知道死了幾億人。普尼還是一樣繼續增加，世界各地都發生大饑荒。普尼就像年糕一樣，是可以吃的呢。只是吃了它，自己也會變成年糕就是了。核心──您找過了嗎？」

「沒有，呃，」誠一支吾起來。「我實在不是很懂是怎麼一回事，而且也沒看到類似的東西。」而且最近我都把你們的信直接燒了，連看都沒看。

「這個世界不是現實。」中月活連蹲了下來，撿起一片落葉，拿起來對著陽光，瞇起眼睛透視葉脈。「是幻影。我是來說服您的，是來協助您破壞核心的，也是來與您溝通的。」

「這樣啊。」

「我是來拯救地球和您的。」中月挺起胸膛，顯得自豪。

誠一思考是否該讓中月活連與中央廣場的朋友們見面。他認為暫時不要比較好，兩人沿著小路，走向玫瑰泉站。

「好美的小鎮。所有的道路都充滿了美麗的綠意，整座小鎮就彷彿一座公園。空氣清新，房屋也都造型優美。地面沒有半點垃圾──也不用繳稅吧？」

繳稅──誠一瞬間不懂他在說什麼。

「也沒有警察局、消防局這類政府機關呢。」

警察局、消防局，那是什麼去了？誠一尋思著，努力不讓困惑顯現在臉上，同時搜尋記憶。這麼說來，以前在地球上有這樣的機構。

「沒有吧。」他小聲回答。

「真好，這裡沒有人會犯罪呢。沒有縱火犯，也沒有不小心失火而燒死的可憐家庭。」

「沒有呢。」這有什麼好奇怪的嗎？這不是天經地義的事嗎？

「無時無刻被──怎麼說，類似『幸福濾鏡』的東西所籠罩，即使會發生有點罕見的事，或千鈞一髮的危機，也不可能發生真正淒慘的憾事。哦，思維的異界究竟提供了什麼給鈴上先生，也就是這裡究竟是什麼樣的地方，地球上議論紛紛，也有很多人說應該是酒池肉林的縱欲天堂，不過這裡和預想中的截然不同。原來如此，是宛如繪本的世界呢。看，那裡的房屋，感覺就像姆米谷裡會出現的建築物，那邊的房子也是。」

誠一忽然醒悟到他討厭這個跟自己走在一起的傢伙。如果這個世界是繪本，那麼這個人就是黏在繪本上的毒蛾幼蟲。

「難不成，您並不想破壞核心？」

「核心是什麼？」誠一平靜地問。「剛才我也說過，我沒有看過那種東西，首先我就不是很理解那是什麼。」

「如果要比喻，核心就是消除世界的開關。破壞核心，就可以消滅這個美好的幻想世界。因為這裡是『未知體』所創造出來的思維的異界。剛才看到您，我就有這樣的想法，參觀過這個小鎮以後，我更強烈地這麼感覺，也就是生活在這裡實在太幸福了，所以即使找到可以破壞這個世界的開關，您也不可能按下去。」

誠一的臉色沉了下來。馬隆、其他的好友、美麗的原野、心愛的家、娜莉耶和櫻姬，都會在一瞬之間灰飛煙滅。

不，這些真的會消失嗎？誠一確認地問，中月理直氣壯地說「當然會消失」。

「破壞核心、『未知體』死去、『未知體』製造的思維的異界隨之消滅、蔓延全世界的普尼死去——是這樣的連鎖。」

「那我也會死嗎？」

如果破壞核心，「未知體」就會死去的話，那麼身在它體內的自己，豈不是不可能全身而退？

短暫的一瞬間，中月看似語塞，但他很快地又說了起來：

「答案是不清楚。或許會死，但或許會倖存下來。人類會傾全力救你，但成功率不是百分之百。」

「墜機事故也是『有可能倖存』吧？就算乘客幾乎全都死光了，還是可以說有人奇跡似地倖存下來。從高樓跳下來也是。是這種意義的『不是百分之百』吧？」

「唔，是啦。」中月笑了。

「這可不是好笑的事。」

「畢竟人類是第一次遇到這種事，因此無法確定破壞核心後的生還機率。不過，這雖然是安慰之詞，但我跟您現在是命運共同體了。」

啊，對呢——誠一想。既然中月也跑到了這裡，他再也回不去了。

「中月先生是做什麼的？軍人？」

「不是。『衝鋒者』是公開招募的。我是自願報名參加的厭世護理師。好像有大概五千個人報名，我不知道是運氣好還是不好，雀屏中選了。」

有多達五千人不惜以生命為代價，來到這裡，這讓誠一感到恐怖。

「這……呃，又是為什麼？」

「您說被選上的理由？不清楚。評審從心理測驗、適性、膽量等各方面綜合評估，認為我適任吧。」

「可是你怎麼會志願參加這種幾乎是必死無疑的任務？」

「是為了拯救地球。確實，進入思維的異界非常危險，但現在的地球一樣危在旦夕。如果無法破壞核心，人類只有滅亡一條路，而且即便現在是安全的，人終要一死。與其被暴民或普尼殺死，或是在日漸步上滅絕的地球精神失常，死在醫院，我覺得為了拯救世界而犧牲也不壞。大部分的志願者都是這樣的心態。」

誠一刻意輕描淡寫地詢問他極為在意的問題：

「那，被派來這裡的你，是來破壞核心的吧？」

中月說是來說服他的、是來「協助」他破壞核心的，這部分讓誠一不是很懂。既然都可以來到這裡了，接下來他自己去破壞核心不就行了？

「不，我沒有這種能力。我非常無力，在這個世界，我連捏死一隻螞蟻的力量都沒有。思維的異界會把外部傳送進來的東西『弱化』。我們的外觀雖然差不多——唔，我是比您小了一些啦，但力量的差距高達五百倍以上吧。」

「用槍之類的武器不就好了？」

「同樣一把槍，由鈴上先生來開槍，可以射穿鐵板，但我來開槍，連一張紙都射不穿。所謂弱化，在思維的異界就是這麼一回事。個別的存在對於其他的存在之影響力有一個極限值。在這個世界，即使我持有槍械，也等同於手無寸鐵。」

說到這裡，中月「啪」地拍了一下自己的大腿。

「我能夠做到的就只有遊說。我的任務，是說服強大的海克力斯(註1)鈴上誠一破壞核心。基本上，我會秉持誠實的態度與您談判。好了，淨說些負面的內容也沒用。鈴上先生，如果您破壞核心，平安回歸地球後，日本政府將致贈您六億圓的報酬。聽到這樣的條件，有些人或許會生氣，說我不是金錢可以收買的，但我還是必須先向您說清楚。此外，世界前二十五大企業也自願在核心被破壞時，每家公司各提供兩億圓的獎金，因此五十億是絕對少不了的基本條件。」

毫無真實感。

「可是死了不就完了嗎？就算有錢……」

「說的沒錯，不過如果您死了，錢會轉交給家屬，也可以事前預立遺囑。」

家屬。誠一第一個想到的是父母。有錢留給父母，想像起來是不壞，但從片斷的記憶來看，他們過得並不特別窮困，而且他實在不可能為了這樣就甘願去死。

「我太太現在怎麼了？」

「太太嗎?」中月的表情有些暗了下來。「您太太在機關裡受到保護。」

誠一等了一下,但中月沒有要更進一步說明的樣子。他只好追問:

「什麼機關?我什麼都不記得了,或許可以說什麼都不知道。以前的世界就像罩上了一層霧,曖昧模糊。我太太到底是因為什麼理由、被保護在什麼樣的機關?即使是不方便對我說明的事,也請不要隱瞞,告訴我吧。她人沒事吧?」

「唔,既然您想要知道的話。鈴上先生現在是地球上的超級名人,畢竟您掌握了人類的命運嘛。所以國家立刻發了一筆特別慰問金給您太太。很大的一筆數字。媒體非常關注,太太因為丈夫遭到『未知體』吞噬,成了悲劇的妻子,也經常上電視。可是沒有多久,就有週刊踢爆太太把特別慰問金和其他收入都拿去花在男公關身上。

此外,您太太在與鈴上先生交往前,就經常流連男公關店,據她的朋友說,婚後她也瞞著丈夫,在外面花天酒地,除了這些,她要丈夫幫忙還清婚前的債務、揮霍慰問金等奢侈的行徑曝光後,社會輿論立刻轉為對她大加撻伐。一一九以後,日本社會陷入某種瘋狂的氛圍,甚至有通靈人士宣稱,只要把鈴上先生的太太抓去獻祭,也就是懲罰她,鈴上先生就會拯救地球。國家為了避免她遭到傷害,決定將她保護起來,她現在住在機關裡。我不太喜歡

註1 希臘神話中的半神半人英雄。

粉飾那一套，所以坦白告訴您。如果讓您覺得不舒服，我向您道歉。」

誠一喃喃道「不，謝謝你告訴我」。他想不起來男公關是做什麼的。腦中依稀浮現在家庭派對上招呼客人的男主人形象（註2）。妻子喜歡派對嗎？

「不過，請不要對地球絕望。回去地球的話，您可以和您太太好好談一談，如果對她沒感情了，跟她離婚就行了，而且關於這件事，全世界的人都會支持鈴上先生。世上絕對還有其他好女人。這不是什麼嚴重的事。就像隨便走進去的拉麵店不巧很難吃，這樣罷了。」

「不，什麼絕望，太誇張了。」誠一笑了。「我自己也在這裡成了家，沒資格責備任何人。聽到我太太沒有變成悲劇女主角，躲在陰暗的房間裡哭泣，而是快樂地繼續享受人生，怎麼說，我反而鬆了一口氣。」

「您真是心胸寬大。總之就是這麼個情形，好了，一起去找出核心吧！」

中月說。

「不過，要怎麼知道核心在哪裡？」

中月從皮包裡取出外形像握力計的東西。上面有儀表。

「這個計測器是能量測量儀，只要靠近核心，指針就會晃動。」

是剛才他在我們家前面拿出來的東西——誠一想，但沒有說出口。

12

接下來，中月活連和鈴上誠一前往各地尋找核心。

兩人從盡頭之丘站開始，往精靈之森站的方向，依序走遍可以走到的地方。

中月在各個地方拿出計測器。

兩人邊走邊聊。

「核心有沒有可能在無法抵達的地方，或看不見的地方？像是位在地下一百公尺處，或太陽的後面。」

「這個世界沒有地下一百公尺或太陽後面。這裡沒有現實的深度，有的只有人如此認定的思維而已。這裡甚至沒有大地。」

「可是，像雞山裡面，或許有從未有人踏入的深邃洞窟啊？」

「當然，想到的地方全部都走一遍吧！只要拿出這個計測儀，就可以知道是不是核心

註2　日文中的男公關一詞是由英文host轉化而來，因此鈴上誠一直接聯想到host原義的東道主。

了。」

尋找核心只是名目，這是漫長的遊說時間，是代表人類的談判員與誠一的對話時間。從盡頭之丘站開始，盡頭之丘東站、鯨魚海岸站、大港站、幽靈廢墟站、櫻坂社交街站、大川釣池站、梅田商店街站，以及中央廣場站。

兩人不停地走。

「到廣場以後，去馬隆那裡吃個蛋糕吧。」

「那只不過是幻想中的廣場、幻想中的馬隆，和幻想中的蛋糕罷了。」

「那裡氣氛很好喔。」誠一說。「有很多有意思的甜點，每一樣都很好吃。再點個紅茶或咖啡吧。我有錢，我請客。」

「我心領了。」

太陽漸漸西沉了。中月說：

「今天就到此為止吧。明天早上我會去府上找您，我們再一起去探索剩下的區域吧。」

誠一沒有請他在家裡過夜。他不想讓中月踏進自己的家門。

「你要在哪裡過夜？」誠一問。這個世界有飯店嗎？記得好像在櫻坂社交街站看過「旅館」的招牌——

「哪裡都可以。這裡是夢的世界，露宿郊外也可以——只要用力想像，或許可以讓草皮上冒出一張床也說不定。」

「我討厭你。」誠一說。「你明天不用來了。」

中月鞠躬行禮：

「求求您，我是豁出性命來到這裡的。我背負著人類的存亡而來。不管您最後會做出什麼樣的回答，都請您再奉陪我一陣子吧，好嗎？」

然後他轉身不知道去哪裡了。隔天一早，中月站在門外等著。

中月活連這麼說。

山不可能不停地生出寶石，而且這裡是封閉的世界，即使採到寶石，也不可能高價出售。這裡沒有旅人，「旅館」不可能經營得下去。蔬菜可以用自給自足來解釋，但漢堡、油、醬汁、砂糖是誰製造的？巧克力、混凝土、家用五金行販賣的工具，是從哪裡來的？而且銀行裡的錢怎麼說？為什麼沒有飛機？大海另一頭的魔女與魔法師和這裡有貿易關係？有精靈飛越天空？別說傻話了。

沒錯，您應該失去了大半的記憶，但您應該還是心知肚明，這樣的世界除了夢境以外，不可能成立。

我來到這裡之前，親眼看到了。

您飄浮在「思維的異界」裡，旁邊就是紫色球狀的核心，然後有一大群看起來像浮游生物的東西飄浮在您的四周圍。除此之外，沒有任何東西。這就是思維的異界的真實樣貌。

鈴上誠一反駁，但每一個反駁都被中月活連給駁倒了。最後他只是讓自己的解釋破綻百出，支吾結巴，沉默下去。

沒多久，兩人變得就像在冷戰，默默地上了電車，又在車站下車走出去。

「我以前是個怎樣的人？」誠一問。

「您以前是個上班族，在一家有點苛刻的公司上班，有妻子，但沒有孩子。學生時代的您，算是個安靜不起眼的學生。國中的導師說您是個認真有責任感的學生，比起數學，國語成績更好。與您有關的人，都認為您是個好脾氣的人。」

「我什麼都不記得了。」

「沒關係的。只要破壞核心，就會想起來了。我們一起醒來吧！您將會成為億萬富翁。」

「我不想死，就算可以活著回去，我也不想回去。」

「又不一定會死，而且即使一直待在這裡，遲早也一定會死。您會不想回去，是因為您現在身在這裡。只要回去後，您一定會覺得：啊，那個時候選擇回來，真是做對了。」

「我有時候會想起從前，覺得那裡簡直就像地獄。」

「但您並不是要再次重啟過去的人生。您會以擁有崇高地位和億萬財富的狀態，展開新的人生。對於您回歸以後的心理健康，政府也已經準備好提供萬全的醫護支援。」

他們來到雞山的半山腰。滿地都是寶石原石，但兩人完全沒撿。

誠一開口了：

「你說這個世界所有的一切都是幻影，沒錯，確實如此。我的朋友、妻子、女兒，或許都是幻影。不過如果是這樣，有什麼證據可以證明你不是幻影？你也是幻影之一吧？」

「您應該明白，我說的是真話。您應該也感覺到了。在思維的異界裡，只會發生如夢似幻、愉悅美好的好事，但我不一樣。所以我才是真的。」

誠一舉起獵槍，瞄準中月的臉。

這算哪門子證據？

中月活連皺起了眉頭。臉上浮現汗珠。

「這是在做什麼？」

「夠了，你回去地球吧。」

「辦不到。」中月說。「這是有去無回的單程道，物理上辦不到。只有攀附在地球上的『未知體』的核心被破壞，我才有辦法回去。不，或許就連這樣，也無法回去了。」

「你的話不合邏輯。鎮上會遭到魔物攻擊，這個世界絕對不是烏托邦。如果這裡是極樂世界的幻想，就不應該會出現什麼魔物。你要怎麼解釋那些魔物？你身上有跟魔物一樣的味道。你跟魔物有關係對吧？我看得出來。你們散發出來的感覺是一樣的。」

中月舉起雙手，像在強調他毫無抵抗。

「這我可以解釋。在『未知體』的觀測初期，人類並不知道您還活著。人類認為飄浮在核心附近的人體只是一具屍體，或是近似屍體的東西。人類首先採取的作戰方式，是將破壞核心的病毒進行次元轉換，送入思維的異界。」

誠一瞄準中月的額頭，食指扣在扳機上。

「然後呢？」

「人類送進來的病毒，在思維的異界裡轉化成了魔物的形態。就像在繪本當中，蛀牙菌會被畫成惡魔一樣。病毒作戰並不順利。原因之一是次元轉換讓病毒弱化了。還有，紅血球會消滅侵入的異物。」

「紅血球？」

「就是飄浮在核心與您的四周圍、觀測機看起來像浮游生物或草履蟲的東西。當然，它們排除病毒的過程，在這個思維的異界裡，被轉換成了魔物與居民戰鬥的場景。後來透過傳送砲從世界各地進入其中的人，也同樣以魔物的形態呈現。如果您說我感覺像病毒，那是因為我是從外界——也就是同樣都是從地球過來的緣故吧。」

「如果說異物會遭到攻擊，那麼我不是也應該跟你一樣嗎？為什麼我不會被攻擊？」

「沒錯，重點就在這裡。我說過許多次了，雖然原因不明，但您是唯一沒有被弱化、被這個世界所接納的奇蹟般的存在。因此您才會受到人類無比的矚目。您的身體沒有經過次元轉換，完整地存在於這裡。在這個思維的異界裡，您比經過次元轉換而弱化的任何兵器都要來得強大，而且從一開始就在伸手便能觸及核心之處。您身在我們的兵器無法靠近的領域。若要比喻的話，您就像是帶著一把手槍，坐在敵軍總司令私人房間的沙發上一樣。

我之所以沒有受到攻擊，是因為我太弱小了，弱小到連紅血球都不會對我起反應。之前我也說過，我在這個世界，比文鳥還要無力。別說核心了，我甚至無法傷到紅血球分毫。我能夠做的就只有遊說。我只能告訴您真相，懇求您破壞核心、攻擊敵方總司令。」

誠一推敲中月的話，但無法判斷他是在說實話，或只是精巧的謊言。不，他說的應該是真的。誠一痛恨這個人，但在他的話中感覺到某種程度的真實性。

魔物與中月是從相同的地方，帶著相同的目的來到這裡的。

「我就在這裡，人類卻照樣用武器攻擊是吧？」誠一嘲笑地說。「人類打從一開始就準備連我一起趕盡殺絕。一旦發現做不到，然後我又有利用價值，便隱瞞原本想要除掉我的劣行，徹頭徹尾調查了我，叫我的家人、同學、女主播輪番寫信給我。然後說要給我錢，叫我背叛我珍愛的人。人類真是傲慢到家、自私自利到了極點，是吧？」

中月活連的雙眼湧出淚水。他小小的身體挺起胸膛，仰視著槍口大喊：

「這裡才沒有你珍愛的人！這裡只有來自外太空的巨大異形！這一切都是『未知體』的自我防衛機制。在思維的異界裡，它為了從你手中保護自己，變成了你最不可能攻擊、在心理上最不可能被攻擊的人物的樣貌。」

誠一不想聽。

他從窗戶看到中月在自家玄關前拿出儀器測量，但不知道指針有沒有晃動。

在心理上最不可能被攻擊的人物？

他早有近似確信的預測，知道探索完全部的地方以後，中月活連會怎麼做。你也看到了，儀器對任何地方都沒有反應——他會先這樣說，然後來到我家，用儀器對準我的家人——應該是女兒。瞬間，指針破表，拯救人類的談判，也就是逼迫父親殺害女兒的洗腦計畫，邁入下一個階段。他會這樣步步近逼，把我逼上梁山。中月打的肯定就是這個主意。

鬧劇已經結束了。

誠一打斷他說：

「我奉陪不下去了。最後我再給你一次機會。」

一陣強風吹過，中月眨了眨眼。

誠一沉著聲說：

「忘掉一切，成為這個世界的居民吧。這是個美好的世界，想要什麼都可以得到。想要塔塔醬，在內心許願就行了，隔天塔塔醬就會出現在中央廣場站的某一家店，彷彿從一開始就陳列在商品架上。如果想要人生意義或工作，馬上就可以找到。在這裡，輕易就可以賺到一輩子不愁吃穿的鉅額收入，想吃博多拉麵的話，在心中默念，拐進陌生的轉角就行了，那裡一定會有一家博多拉麵店，彷彿從一開始就開在那裡。然後就像我這樣，你也會在這裡找到你這一生的摯愛。中月先生，忘掉任務，忘掉所有的一切，在這裡生活吧。否則，我只能殺了你。」

中月活連搖頭。誠一看見淚水滑過他的臉頰。

「就算是我，也無法否認這對我來說是莫大的誘惑。但即使如此，我還是不能以人類的滅絕為代價，去換取繪本世界的公民權。就算會死，我也要活得不愧對自己。比起虛幻的幸福，我寧願選擇現實。拜託，請您讀讀這封信吧！這是幼稚園的小朋友們寫給您的信——還有您母校小學的小朋友寫的信。這些孩子現在在想些什麼、有何感受——」

誠一扣下扳機。槍聲響徹四下。

中月的額頭開了個洞，往後倒去。他掏出來的信散落一地。

這時，誠一總算別開了目光。

一派胡言。但即使是胡說八道，反覆洗腦的話，依然會扭曲信念與真實。

誠一丟下中月的屍體，一個人下了山。很快地，雨淅淅瀝瀝地下了起來。走到精靈之森站時，變成了傾盆大雨。總算回到家時，四下已是一片漆黑。

誠一淋成了落湯雞，打開自家大門。

什麼是真實？

真實就是開門的瞬間便飛撲上來的櫻姬的笑容、是擔心地拿毛巾為他擦頭髮的娜莉耶。

什麼是信念？

信念就是不理會惡魔的誘惑，堅守最重要的事物。

誠一在夜半醒來。

窗外坐落在一片蟲鳴聲中。雨似乎停了。月光灑進房間裡。

娜莉耶依偎在他的胸懷裡。她握住誠一的手，細語：「謝謝你。」

第二章

越過滅絕之丘而來之物

1

父親在披薩店兼職，所以經常帶披薩回家。

這雖然很令人開心，但也許是因為如此，我度過了有點小肥胖的少女時代。

小時候我對此並不怎麼在意，只要穿上看不出胖腿或小肚肚的寬鬆衣物就行了。

但國中入學典禮結束的那一刻，我突然莫名在乎起自己的體重和體形來了。

我立下決心要減肥。

雖然也有飲食控制這一招，但只要看到父親帶披薩回家，我就是忍不住嘴饞，所以決定早上去慢跑。

目標是七月開始的學校游泳課前，要減掉五公斤。

早上五點起床後，我前往有合成橡膠跑道的綜合運動公園。

我剛開始在涼爽的清晨公園跑起來，就發現有個年紀差不多的男生一身短褲T恤也在跑。

我先跑了一圈。流了一堆膩人的汗，氣喘吁吁、汗流浹背，在跑道附近的長椅坐下來。我摸摸肚子旁邊的肥肉心想：「脂肪燃燒了嗎？」結果剛才看到的男生走到我附近來。

「妳是二中的嗎？隔壁班的嗎？」

我抬起頭來。

是個理平頭的矮個子男生。

「不用了啦。」

我記得當時我做出了這種謎樣的回答。不用因為是同一所學校的就跟我說話啦。是二中的又怎樣？不用管我啦——是這類意涵的硬派回答。

應該也不是被我冷漠的反應刺傷了，男生「嘿」了一聲，跑掉了。

回家後沖個澡，然後去上學。上完一整天的課，回家後站上體重機一量，發現居然一下子掉了一．五公斤，我爽快極了。

隔天我也在早上五點半去跑步，發現昨天跟我說話的男生又在跑。啊，今天他也在？有點煩耶⋯⋯我心裡這麼想著，沒有理會他繼續跑，但又想到或許我就是覺得他礙眼，才會看他不順眼，因此跑到旁邊時，我忽然開口攀談：「你幹嘛跑步啊～」「因為早上啊！」男生朝氣十足地給了個天真無邪的回答，我又問：「早上就要跑步嗎？」他回：「對，很舒服啊！」

確實，朝霞的天空底下令人神清氣爽。

「你什麼社團的？」我問。「手球。」手球社？「手球好玩嗎？」「還好。妳呢？」「哦，我嗎？歷史社。」「噢噢～」「噢噢什麼？」

我跑累了，放慢速度，但男生似乎一點都不覺得累，腳步輕盈地拉開了與我的距離。不愧是運動社團的。

隔天早上，我又遇到同一個男生，跑步並排在一起的時候我問：

「你叫什麼？」

「兒島。兒島健。妳呢？」

「喔，我叫相川。」

「名字呢？」

「不用了啦。」

「咦？為什麼？」

「我討厭自己的名字。」

「為啥?是閃亮亮系(註3)名字?」

「SEIKO。」我說。

「不錯啊，而且根本不奇怪嘛。」

不不不，漢字寫作「聖子」欸。當然聖子這名字一點都不奇怪，也是個好名字，可是感覺就是不適合我。

「聖子。」兒島說。

「再叫一次，我就宰了你。」我說。

「為什麼?自己的名字欸?很不錯的名字啊。」

我是一班，兒島是隔壁二班的。

班級不一樣，所以我們在學校不會交談。

不過我們每天早上都在公園跑步，交情愈來愈好了。

雖是這麼說，我們也沒聊什麼，都是些沒營養的事。「運動飲料運動在哪裡?」、「我們導師佐島啊，一班的人好像很討厭他，可是我們都覺得他很好玩」或者「昨天電視有播《魔法少女》耶，你有看嗎?」

兒島這人很清爽。有種晾在大太陽底下的襯衫的味道。聲音帶點沙啞，沒什麼皮下脂肪，曬得像剛放完暑假的小學生，對許多事情都粗枝大葉。眼睛細細的，像狐狸。

我不是很喜歡我們班。

女生徹底分成幾個小圈圈，彼此處於冷戰狀態。如果跟其他圈子的女生要好，就會被視為叛徒，遭到排擠，所以必須步步為營。

班上有個叫桐生的「帥男生」，很受女生歡迎，但他會露骨地捉弄或霸凌乖乖的女生，劣根性藏都藏不住，我很討厭他。

每個人都喜歡背著別人說壞話。像是嘲笑頭頂稀疏的老師、嘲笑戴髮飾的女生是在勾引男生、嘲笑有心儀對象的人、嘲笑不嘲笑別人的人是在裝乖。如果我早上跑步的事被發現，一定也會被嘲笑。

我最要好的朋友是「小佳」，我總是跟她形影不離。中午一起吃便當的五個女生裡面，其實我跟小佳以外的人交情也不是那麼好。

小佳是我的同班同學，也是我的手帕交。

註3 「閃亮亮名」（キラキラネーム）指脫離一般常識的特殊命名，盛行於二〇〇〇年代。由於多半由漢字字面無法直接辨讀，易造成本人在學校和社會生活的困擾。

她跟我不一樣，身材嬌小，氣質甜美。或許她自己也很清楚自己的特質，說話的時候語尾都會故意加聲「嗶」。

小佳說，她會在語尾加聲「嗶」，是「故意惹別人討厭」，真的是很大膽的自衛之道。

我從小五的時候和小佳變成好朋友，已經去她家玩過一百次了。

我們家租公寓，我和弟弟睡同一個房間的上下鋪，但小佳的家是有庭院的透天厝，她有自己專屬的兒童房，而且家裡還有會客室，裡面有鋼琴。

小佳有教過我，所以我會彈〈給愛麗絲〉的最前面一小節。

後來我一直在跑步，愈跑愈瘦。

七月的時候，我和小佳一起去參加視覺系搖滾樂團的演唱會。

暑假的時候，我和弟弟應小佳她們家的邀請，一起去輕井澤露營烤肉。

至於歷史社團那邊，我們一起去了土方歲三資料館，在老師帶隊下，在三天兩夜的集訓活動中參觀了竹田城址。

九月我生日，在家吃了蛋糕，順利滿十三歲了。

十二月，我和小佳還有幾個女生一起辦了聖誕晚會。

那年我經驗到的事，我還可以列出更多更多。

那是失落的年代的最後一年。

經歷的當下，我一點都不認為這些有何珍貴。我有許多不滿，而且內心也焦急不已，就好像世界上還有更多有趣的事物，別人都可以體驗到那些，我手上拿到的卻都是些爛牌。

太奢侈了。

這所有的一切，全都是如今再也無法奢想的事物。

2

事情發生在隔年的一月十九日。

清晨五點，我騎著自行車穿過住宅區，進入綜合運動公園。

自從五月認識以後，我和兒島每天早上都會一起跑步。

當然，我們並沒有相約要一起晨跑，只是早上去公園，兒島幾乎都在罷了。

晨風冰冷徹骨。

星星還在天空閃爍。一月的日出時間很晚。

我在三月舉辦的全市中學生田徑賽中，被選為一年級的女子八百公尺項目選手。

這裡稍微說明一下，我們市在春季與秋季，都會舉辦市內四所國中的聯合田徑比賽。每一個學年和項目的出場選手，是依據體育課的計時排名選出來的。

習慣是最偉大的才華。剛跑步的時候，我累得就像條牛，但自從去年五月以後，歷經約九個月的時間，我已經蛻變成小鹿了。在體育課長跑的時候，我也沒跑得多認真，卻不知不覺便拿下了女子第一名。

我把自行車停在公園停車場，立刻開跑。

身體散發的熱度漸漸讓肌肉鬆弛。噠噠噠，腳步聲從背後靠近。

「早，相川。」

一道清爽的聲音向我打招呼，不用回頭，我也知道是兒島健。

三月的全市田徑賽中，兒島也被選為男子一千五百公尺項目的選手。

天快亮了。天空呈現淡紫色。

忽然間，一個發光的物體掠過上空。

以流星而言，有點太大了。

那是什麼？

丟臉的是（不，或許沒什麼好丟臉的），我第一個想到的是飛碟。

旁邊的兒島邊跑邊問：「妳看到了嗎？」

「看到了看到了~那是什麼?」我應著。

「飛碟吧?」「啊,我也這麼猜。」「真的有飛碟呢。」「早起的鳥兒有蟲吃。」

不過從拉出尾巴的直線動向來看,會不會是「隕石」?

「是不是火流星啊?」我說。

大的流星叫火流星。

「是飛碟吧~不是喔~!」

兒島遺憾萬分地說。他好像想要當成是看到飛碟了。

「啊!」我驚呼。

又有東西劃過天空。

不只一個,而是連續飛來。

是許許多多的火流星。

不,那是火流星嗎——有沒有可能是火箭、人造衛星、飛彈之類的?

「快錄下來!」兒島邊跑邊說。

「又沒帶手機。而且太慢了,來不及了。」

「要是錄到影片,就可以賣給電視台了說。」

「大概吧。真可惜~」

「啊，又來了。」

五顆或七顆，以流星而言實在過於巨大的光球飛了過去。

其中也有超大顆的光球，我們面面相覷：「真的沒事嗎？」

會不會有一兩顆砸到地球上了？

在學校，沒有任何人談到火流星的事。

因為太早了，沒有人看到吧。

我試著向小佳提起：「早上五點左右，我看到好多超大顆的流星耶。」

「早上五點？那我當然還在睡啊。妳怎麼看到的？妳怎麼起來了？」小佳問，我撒謊：

「剛好就醒了，從窗戶看到的。」

第三節課結束時，我走向走廊盡頭的飲水機，結果看到兒島健在那裡。

我們是隔壁班，所以經常在走廊遇到。

這時，突然有個女生從二班教室衝出來，笑著狠狠地拍了兒島健的肩膀一下。二班的女生伸手搓他的平頭，他扭動身體跑掉了。兩人打鬧得可真融洽。

我倏地轉過身體，走下樓梯，去安靜的一樓的飲水機喝水。

我對兒島健沒有戀愛感情。

我喜歡兒島，但那並非少女漫畫式的戀愛感情。如果是我真心喜歡的男生，我一定會緊張到說不出話來，躲著不敢面對他吧。兒島只是早上一起跑步的「朋友」，不管他跟誰說話，我都不介意。

我先如此確定自己的心情。沒錯，就是這樣，我在內心用力點點頭。

我猜想，兒島並非「帥氣系男生」，所以應該不是很受女生青睞。那個女生也不是喜歡兒島，只是因為他容易逗弄，所以才鬧他而已。但是如果兒島有了喜歡的女生，我身為他的朋友，或許可以聽他傾吐，為他加油打氣。因為我是兒島最要好的異性朋友，我應該要支持他。

沒錯，應該這麼做。我又在內心大力贊同。應該要這麼做。

我剛才會匆忙跑下一樓，並沒有特別的意義。

沒錯，沒有意義。

我像這樣整理好心情，走回班級所在的樓層。兒島和女生都不在走廊了。

從學校回家時，太陽已經西斜了。冬天的太陽下山得早。

我鑽進被窩裡。也許是因為太早起，每天一回到家，我總是立刻就被睡魔侵襲了。外頭很冷，但被窩裡好溫暖。

我做了個奇怪的夢，正在恍恍惚惚間，母親來叫我吃晚飯了。

弟弟打開電視。早上的火流星上了新聞。『今天清晨五點左右，有許多火流星掠過天空』，然後是影片。報導接著說世界各地陸續發生多起地震。

「冰箱裡有披薩。」父親說。

「我不要。」我說。

這就是一月十九日，日後被稱為一一九的世界劇變發生之日的我的記憶。

3

「它」出現在天空。

這是一月二十日的事。

起初模模糊糊，然後漸漸地變濃、變得明確。

新聞說「它」是「大氣層的電磁波受到干擾而產生的罕見現象」，但這樣的解釋在各地引發質疑。因為出現在天空的「它」具備奇異的特性，無法用電磁波受到干擾來解釋。

後來「它」一直在空中，剛登場的時候，被稱為「不明天象」。

「欸，『它』到底是什麼啊？」

一早，我指著天空問兒島。

「大家都在吵。」

「嗯，是啊。」

「你看它像什麼？」

這個問題在全日本，每個人應該都問過身邊的人十次以上。你看它像什麼？

火流星的隔天出現在天空的「不明天象」，在每個人的眼中看起來都不一樣。

天空出現了某樣東西。

這在每個人的眼中都是共通的事實。

一部分的人說它看起來像「一團煙霧」。

但一部分的人卻說它看起來像「漆黑的洞穴」。

有些人看起來像「耀眼的光帶」。

也有人說看起來像「閃電狀的裂痕」。

雖然是少數派，但據說也有人看起來像「以前養的狗的臉」、「死去的家人的臉」。

附帶一提，我父親說看起來像藍紫色的蛇，弟弟說看起來像金色的雲。

這不是月球表面的陰影看起來像不像兔子的「圖形解釋」的問題。不同的人看到的顏色、形狀、亮度、形態都不同。過去在地球上，從來沒有任何一樣東西是這樣的——應該沒有。

然而如果拍成照片，肉眼看到的形體就會消失得一乾二淨，只拍得到空間的扭曲。各人眼中看到的形象不會呈現在照片上。

「像什麼呢？有點像毛皮。」

「毛、毛皮？」

「嗯……像老虎皮那樣有黑色和黃色的條紋？妳呢？」

「我看起來像星星。」

「星星？妳是說星形嗎？」

「不是，是球狀物體？行星？我也不知道，藍藍的，就像有顆圖鑑上的水星般的大球飄在那裡。」

「妳說大是多大？」

因為剛好白色的月亮也在天上，我比較了一下。

「大概月亮的五十倍大吧。」

如果雲朵飄過來，會被遮住，但小片的雲無法完全遮住。

「很大呢。電視的專題節目說好像帶派和煙派占多數。」兒島感嘆地說。「不過妳看到的是圓形吧？那比較接近洞派嗎？不是帶派吧。」

「藍色的洞……或許嗎？也可以說像嗎？不不不，那不是洞。」

「聽說啊，一直盯著它看會發瘋耶。」兒島說。

這個傳聞後來被證實是真的。許多人都精神失常了。

「那不要看太久好了。」

「嗚～冷死了，身體都冷起來了，快點跑步吧。」

我們站了起來，開始跑步。

「比賽快到了呢。」

「嗯，我會全力以赴。」兒島說，同時加快速度。兩分鐘我就被拉開距離了。我到現在還是無法追上全力以赴的他。

二月十四日是個大好晴天，我偷偷把巧克力放進背包裡，前往早晨的公園。

就像前面說的，我並不是愛慕兒島健。這只是送給清晨跑友的人情巧克力。

直到去年，我都對這種送巧克力的活動感到很不屑，不過現在覺得就算試個一回，看看是怎樣的感覺也不錯。

不過雖然是人情巧克力，但除了父親以外，我從來沒有送巧克力給男生過，因此突然害羞起來，擔心萬一引發不必要的誤會，搞得兩人關係尷尬，那就不妙了。因此我決定送巧克力的時候，要對他說：「喔，是人情巧克力啦，你可以拿去送給你爸。」只要預先想好送的時候要說什麼，應該就會很順利。

然而這天早上，兒島沒有來公園。

沒辦法，我把巧克力放進書包，去了學校。

到校一看，小佳說她要送巧克力給桐生。

「小聖不送嗶？」小佳問。「我？送巧克力？浪費錢啦。」我假裝不愉快地笑了。小佳露出尊敬的眼神看我，就好像在說「不愧是小聖」，我有點心虛。

桐生真的很受歡迎，午休時間，他的桌上放了五個包裝好的小盒子，其中之一是小佳的。好像是女生說好不可以有人偷跑，在早上的班級時間前同時送出去。

下課時間我跑去隔壁班偷看，兒島不在教室，我檢查鞋櫃，才發現他今天沒來學校。兒島的室內鞋還在鞋櫃裡。

就算晚了一天，明天再給兒島就行了吧。不，這種情況，應該去他家，把巧克力放進信箱嗎？不過，只是人情巧克力罷了，需要做到這種地步嗎？既然都跟小佳說我不會送了，是不是乾脆就別送了？反正只是人情巧克力。我煩惱地左思右想，結果回到家了。

回家一看，弟弟正在客廳打電動，我不小心脫口說「拿去」，把巧克力給他了。十歲的弟弟一臉訝異地仰望我，提心吊膽地拆開包裝紙問：「要給我？為什麼？」我突然捨不得給弟弟，把巧克力分成兩半一起吃掉了。

隔天早上我在公園遇到兒島，他說：「喔，昨天喔？我奶奶過世了，請喪假。學校有什麼好玩的事嗎？」

「才沒什麼好玩的事呢。」我說。「那個，你奶奶的事真遺憾。」

「嗯。」兒島的表情有些落寞，朝陽灑在那張臉上。

我忽然很想抱緊兒島，但感覺會被討厭，不敢這麼做。

我們並肩跑了兩圈，在遊樂器材廣場附近的草地坐下來。我喝起水壺的水。

「我說兒島啊，」我懶散地說。

「嗯？」

「一個人跑步滿無聊的，所以早上啊，如果你也一起跑……我會滿開心的。」

「嗯，有人可以聊天不錯呢。」

「對對對。」

「不過，有時候默默地跑也滿不賴的。」

我小小聲地說：「咦？哪會～一個人跑步有什麼好玩的？」然後突然慌了起來。

4

全市中學生田徑賽在三月七日星期六舉行。

我們在跑道上一字排開，隨著「砰」的一聲槍聲，同時往前衝刺。我腦袋一片空白，接下來只是不顧一切地衝完八百公尺。雖然我也考慮過分配速度什麼的，但實際下場比賽，好強的我拚命過頭，完全無法依照計畫去跑。

跑完後，我沉浸在完全自由的解放感中，躺在觀眾席上，臉上蓋著毛巾。腳底陣陣痠痛。

我在三十二人裡面拿到了第二十二名的成績。我原本就完全不打算爭取好名次，因此只要不是最後一名就滿意了。

兒島在男子一千五百公尺賽中奪得了第二名。「在從全市國中選拔出選手的田徑賽裡面拿到第二」，這真的很厲害。不，對當時的我來說，是「厲害到爆」。學校是盛裝日常的容器，而我們居住的市，幾乎就形同生活的全部。兒島是其中的第二名，感覺就跟全世界第二名沒有兩樣。

「像兒島這樣的人，就是會去參加奧運的那種人呢。」我由衷尊敬不已。

學校舉行了畢業典禮。

送別三年級生後，我和小佳一起回家時，小佳說她遇到了難題。

咦？怎麼了？我問小佳，小佳要我保證不說出去。欸，我說真的，不可以告訴任何人喔。

「桐生同學在白色情人節送我回禮。」

噢噢～我驚呼，催問這怎麼會是難題？結果小佳居然說「那個時候他吻了我」。

「咦！」

親、親吻？

我一時想像不出桐生和小佳親吻的畫面。而且他們兩個根本就沒有交往。

「這不可能吧？」

「真的啦。他說他想送我白色情人節回禮，把我約去蒲田公園，那裡不是有一片沒人會去的雜木林嗎？就在那裡，他突然『咚』的一聲，把手伸出來撐在樹幹上，問：『妳喜歡我嗎？』那是在幹什麼啊？」

右手「咚」地一聲撐在樹幹上，堵在小佳面前，把臉湊過去的桐生。

「天哪天哪，欸，小佳，天哪，這妄想也太誇張了。」

「不是妄想，是真的，所以才傷腦筋啊。」

我依然對桐生親吻小佳的畫面毫無現實感，浮現幾個想法：「雖然一時難以置信，但如果是真的，這是件喜事」、「可是桐生是班上第一搶手的男生，如果被其他女生知道小佳跟他親吻，小佳不知道會被整得有多慘」、「如果小佳跟桐生交往的話，或許我對桐生的壞印象也會消失，畢竟他變成小佳的男朋友了……」、「我有點算是小佳的貼身保鑣，不過這樣的角色或許也會結束了」、「可是之前我看到桐生跟籃球隊的香川一起回家，我應該在這時候說出來嗎？還是不應該？」

「我該怎麼辦才好呢？」

「這是件好事啊。基本上保密應該比較好吧，是他、他向妳告白的嗎？還是妳先告白的？」

「小聖，妳是在嫉妒嗎？」

「咦？」我一陣錯愕。「呃，沒有啊？」

「我想也是。啊，告訴小聖真是對了～因為其他女生沒有一個可以相信的嘛。小聖的話，什麼事都可以說。」

小佳這時候說的「妳是在嫉妒嗎？」在我心中留下了難以言喻的討厭感覺。（小佳是以所有的女生都應該要喜歡桐生為前提嗎？）

我覺得很生氣，心想從明天開始要跟小佳斷絕關係，徹底把她當空氣，但結果到了隔天，我還是跟小佳玩在一起，唔，小佳是我最好的好朋友，小事就別計較了，我不再放在心上。

一直到很後來，我想起這件事，打從心底慶幸我們沒有鬧翻。如果當時我真的露出了嫉妒的表情，那反倒是出於害怕小佳被男生搶走，我會變成孤單一人的不安。

『對，說到底，這是人類首次面對的現象，因此實在不清楚那到底是什麼。啊，可是根據太空局的觀測，它「存在」於大氣圈上，將太空垃圾吞噬進去，對，然後對人類大腦作用的頻譜——』

傍晚我在沙發上打盹醒來，看見電視正在播放那個「不明天象」的照片，學者高談闊論。我關掉電視。

5

我升上國二了。

編班結果出來，我和小佳跑去看貼在鞋櫃區玻璃門上的新班級一覽表。

我變成二年二班了。

居然和兒島同班。和小佳親吻的桐生也和我同班。不過桐生從之前同班的時候就跟我完全沒有往來，因此無關緊要。

令人惋惜的是，我和小佳被拆散了。小佳被分到一班去了。

「咦～為什麼不是跟小聖在一起～」小佳裝出哭哭啼啼的樣子抱住我。我覺得小佳不能和桐生同班，打擊一定也很大。自從她告訴我她被親吻後，已經過了兩星期，我在開學典禮小聲問她進展，她說兩人講過幾次電話、傳過一些簡訊，只有這樣而已，不清楚算不算在交往。

宗教宣傳車變多了。

審判之日到了、天眼開啟，開始審查全人類了——車子經過上下學路線，廣播著這類內容。

書店裡，超自然和心靈類書籍也增加了。

新書《動不動就吵著世界末日的人》成了前所未見的暢銷書。內容是批判利用宗教煽動社會不安的人，以及受到煽動而信教的人。另一方面，書店平台上也堆滿了針對「不明天象」提出獨門見解的書籍。

我問父親，世界該不會要滅亡了吧？父親停頓了一拍，就像在嚴肅思考，然後說：「不會吧，照一般來看。」

父親告訴我，幾十年前，在二十世紀即將告終時，有許多人相信世界會在一九九九年滅亡的預言。

「可是，結果什麼事都沒有發生。」

不過，一九九九年什麼事都沒發生是很好，但現在天空冒出了一個怪東西不是嗎？我心想。也有人主張那是一九九九年應該要現身的毀滅者終於姍姍來遲。

櫻花完全凋謝沒有多久，就有新聞說印尼發現了新種生物。

是宛如白色牛奶布丁的不定形生物。

專家懷疑可能是發現了新種黏菌。

生物學家在新聞節目中發表評論：

這種生物由於異常的繁殖力，目前正快速增加，但如果它從以前就存在，應該早就隨處可見了才對。換句話說，它出現在地球，應該是最近的事而已。

『從發現的時間點來看，有可能是今年一月隕石帶來，在地球上開始繁殖的。』

新聞播報員問生物學家：

『意思是，這是人類第一次接觸外太空生物嗎？那麼這就是人類史上極重大的發現。』

『是的，有這種可能性。』白髮蒼蒼的生物學家說。『還有另一種說法是，有可能是一月出現的上空未知現象，造成地球上的黏菌或某些微生物的變異。』

『那是危險的生物嗎？』

『非常危險。這種生物有可能以全球規模破壞整個生態系，毀滅生物界。』

『那麼，我們該怎麼辦才好？』

聽到播報員的問題，生物學家沉默了一下：

『現階段還有太多模糊不清的地方，因此還不清楚該如何應對才好，但必須修訂法律，盡速加以消滅才行。』

那種彷彿白色牛奶布丁的東西，被命名為「普尼」。

日本各地陸續有普尼被發現。

我和兒島升上國二以後，依然每天早上一起在公園跑步，然後道別：「拜！學校見！」

我們同班，所以接下來還會在教室碰面。

這個班級比一年級的班級好多了。

下課時間等機會，我也可以跟兒島相當親密地談天說地。我們是同班同學，因此並不顯得奇怪，也沒有人因為這樣就捉弄我們。

五月以後，我看到了真的普尼。我走進教室，發現同學都圍在佐藤的座位旁邊。我也加入其中。盒子裡面，有在電視和網路上看過好幾次的牛奶布丁狀物體在抖動著，大小約五公分左右。

令人驚訝的是，佐藤說是在上學途中，在公園看到捉起來的。

「外太空生物，哈囉。」

一個男生用免洗筷插進盒子裡戳弄普尼。普尼似乎對刺激有反應，陣陣地顫動著。

沒多久，普尼被筷子扯成兩半，但沒有死掉的樣子，分成兩塊繼續抖個不停。

「噁心死了。」男生說。

「有點可愛耶。」有個女生說。其實我也覺得第一次看到的真的普尼滿可愛的。

「才不可愛！」其他女生說。

被切斷的一邊挪近另一邊，兩邊又合體了。有人笑說一定是覺得寂寞。

「外太空生物是不死之身喔？」

桐生說，大家都笑了。

「它叫什麼？」有人問。

「普尼子。」佐藤說。

「你都餵它吃什麼？」

「什麼都可以，落葉、土鱉都可以，不過它不怎麼會吃。」

「會變大嗎？」

會變大。新聞中說，這種生物就像活生生的黏土，個體之間會彼此融合，沒有極限，可能成長到五公尺甚至是十公尺大。小的時候會爬行或滾動，但沒多久就會大到無法支撐自己的重量。世界各地都觀察到這樣的現象。

「我也想要一個。」有人說。

把它當成寵物戳弄著玩，感覺百看不厭。

就在兩個星期前，普尼剛被指定為特定危險生物，有保健所的人到學校來說明普尼的危險性。

「吃到它會死掉對吧？」桐生說。

「嗯，也不是死掉，聽說會變成跟它一樣。」飼主佐藤說。「它就是靠這樣增加的。」

「咦，真的假的？」桐生說。

從隔壁班跑來的小佳站在我後面說：「真的、真的。」

「對啊，我們有看到。」我說。

幾天前，我們在小佳家用平板電腦看了普尼的實驗影片。

用玻璃箱飼養這種生物的人（穿白袍的外國人，也許是哪個機構的研究人員），讓小家鼠吃下混合了這種生物的餅乾。接下來的影片是將七天的觀察經過壓縮為三十秒。約第二天，小家鼠全身變白，噴出納豆般具有黏性的絲狀物體，然後逐漸脫毛，第五天就變成了有彈性的白色鼠狀物體，但還是以「布丁鼠」的狀態活動著，然而到了第七天，老鼠就突然整個崩塌，變成了一坨牛奶布丁。

接下來就只剩下不具形體的白色史萊姆狀物體在蠕動著。

似乎只要攝入一定量的這種生物，就會變成同類。看影片的時候，小佳從頭到尾尖叫個沒完。

佐藤用免洗筷從盒子裡夾起普尼子，放到桌上。

小佳尖叫起來。

「不要拿出來啦！噁心！」整個班上就像捅了蜂窩，亂成一團，桐生抓起筆記本，把它掃得遠遠的。

白色生物朝這裡飛來，不偏不倚「啪」地一聲貼在小佳的制服胸口上。小佳慘叫，把它拍掉，「哇啊啊啊！不要！嗆！嗆！嗆！」她發出奇妙的叫聲，用室內鞋踩踏那白色的生物，把它踢開了。

普尼抖動著滾過地板。

「普尼子——！」佐藤大叫。

「松野好可怕！」有人起鬨。松野是小佳的姓。小佳含著淚跑回自己的教室了。有人學她的叫聲：「嗆！嗆！」但沒有人跟著笑。

這件事發生當天的第五節下課時間，我和小佳經過三樓長廊。佐藤帶來的普尼被小佳又踢又踩，但還是沒死，被導師沒收了。

普尼好像成了小佳「全世界最討厭的東西」，她說光是聽到普尼這兩個字，就會渾身不舒服。可是，那是桐生傳給妳的欸？我調侃說，小佳說桐生居然把那種東西掃去她那裡，她都快連帶討厭起桐生來了。

學校走廊貼著「年度行事曆」。

旁邊是標語：

「二中最高信條：二中生絕對不會霸凌別人！」

更旁邊的大字報是：

「本月格言：上帝不希望我們成功，只希望我們挑戰——德蕾莎修女」。

我們毫無脈絡地聊到迪士尼樂園什麼時候人最多。我說應該是黃金週連假，但小佳說絕對是聖誕節前後。

玩捉迷藏的學生從我們旁邊跑過去。即使世界某處發生戰爭或恐攻、天空出現怪東西、發現新種生物，我也以為這樣的日常會永遠持續下去。

然而事實卻非如此。

「啊！」小佳叫了一聲。

她突然全身癱軟，折成兩半，倒在走廊上。

我立刻扶起小佳。她的瞳孔縮小，感覺不到呼吸。

「小佳？妳還好嗎？」

沒有回應。

不是……在開玩笑？

我聲音沙啞地說：保健室。

帶她去保健室──幫我帶她去保健室──去叫保健室老師──

「哇！是誰倒下來啦？」

「是一班的松野嘛。」

看到圍上來看熱鬧、沒神經地交頭接耳的男生，一股灼熱的憤怒湧上心頭：不要看我朋友！我揍你喔！我一直抱著小佳坐著，瞪著周圍的人。

很快地，導師高橋趕來，把小佳帶走了。我陪著到保健室，但老師叫我回去，我只好回去教室。

小佳立刻被送進醫院了。

放學後，我打電話去小佳的家，想知道她的情況，可是沒人接電話。家人一定都去醫院了。

我走在傍晚的天空底下，前往小佳的家。

我認為相川聖子跟小佳是天生一對。我們就像默契十足的相聲組合，光是小佳沒來學校，我就覺得自己像被拋下的多餘之物。

仰望天空，飄浮在那裡的水藍色星星明顯變得更大了，散發出非比尋常的存在感。與上次看到的時候相比，差異大到就像冬季和夏季的太陽。

去玩過無數次的小佳的家一片漆黑，沒有任何動靜。

隔天下起了傾盆大雨。

導師宣布小佳在醫院過世的噩耗。詳細原因還不清楚。

校方在充斥著雨聲的體育館召開了學年集會，所有的人都一起默禱。

每個人都在啜泣。

太扯了。我心想。

小佳明明非常健康不是嗎？她也沒有做出任何玩火的危險舉動——卻突然就這樣一命嗚呼，豈不是太沒道理了嗎？

小佳自己也是，直到那一瞬間，一定也沒有想過她的人生居然就這樣結束了。

我、還有其他人，也會像那樣毫無前兆、說走就走嗎？

我們對自己的人生抱持的特別觀點，結果都只是自我安慰、自我肯定的幻想罷了嗎？這樣的想法掠過心胸。

除了悲傷，令人胃部沉重的黑暗憂懼同時籠罩了上來。

小佳過世以後，上學的學生顯而易見地日漸減少。

火災和暴動的新聞爆增。火災每天都在發生。因為普尼怕火。

點火燒普尼，燒起來的普尼東奔西竄，引燃民宅。燒起來的民宅又點燃附近的普尼，著火的普尼逃向四面八方——

然後——失常的人變多了。

真的是很突然、極為突兀地變多了。

只要去車站或百貨公司等人多的地方，就會看到好幾個大聲嚷嚷的人。跳軌自殺的人也急速增加。

人們說，這是因為有許多人在一夜之間，因火災失去家人和住處，而政府提供的支援太慢了。

此外，也有人說不只是這樣而已，出現在天空的「不明天象」也散發出某種對人類的心智造成影響的物質，損害人們的精神。

家人自相殘殺、情侶殺害彼此的凶殺案也大量增加。

男方在約會中突然掐死女方、老奶奶採買回家，準備好晚飯後，卻突然拿斧頭砍死丈夫等等，每天都有衝動殺人的新聞。

讓對方吃下普尼，偽裝成意外死亡，竊取資產的事件也變多了。

許多市町村因為局部性的普尼異常增加，出現大量死者。普尼並不是在一個地區全面性地增加，而是像火山爆發或暴雨那樣，在某個地點突發性地氾濫成災。

6

進入六月以後，國家對全體國民實施了「普尼耐受性診斷調查」。

穿白袍的檢查人員進入校園，發下有三十個項目的問卷，並對學生抽血。

這是透過血液檢驗，來檢查對普尼的耐受性等相關細節。

十天左右，報告回來了。

拿到的報告上說，普尼耐受性分為A到D四個階段。

最弱的是D：

〈D耐受性　特弱　抵抗值0～10　處於附近有普尼的環境，肉體便會出現排斥反應而死亡〉

我想小佳可能是D耐受性。

據說相當於總人口數六成以上的，是接下來的C：

〈C耐受性　弱　抵抗值11～80　處於附近有普尼的環境，一年內在精神和肉體上會受到

影響〉

以上這兩種屬於「低耐受性組」，政府呼籲這些人如果所處的地區遭到白色怪物入侵，就必須盡快避難。當然，低耐受性無法簡單地分成兩階段，同樣是C，抵抗值從11到80，有近八倍的差距，因此可以說個人差距相當大。然後所謂的「高耐受性組」則是以下兩種：

〈B耐受性　強　抵抗值81～200　處於有許多普尼的環境，一年內在精神和肉體上應該不會受到太大的影響〉

完全只是「應該」，這是因為普尼才剛出現沒多久，不清楚是否真的對精神和肉體沒有太大的影響。

出類拔萃的前百分之三（占接受檢查的人口總數的百分之三）則是A：

〈A耐受性　特強　抵抗值201以上　具備強大的耐受性，應該可以在普尼比率高的地區長期生存〉

一直以來，我都沒有任何特出的長才。舉凡外貌、學力、運動能力、藝術才華，沒有任何一樣比別人優秀，比別人差的地方倒是一堆（被選拔為田徑賽選手雖然是一項壯舉，但這也只是因為每天早上都跟兒島一起跑步的關係，並非有什麼超出常人的資質）。

所以看到我的判定結果是A耐受性時，我有些驚訝。我的抵抗值是470。據說這在A耐受性當中也是極為突出的數值，是全市第一。即使在國內，超過400的好像也不過區區二十人左右。

附帶一提，我的母親是B，抵抗值120，父親是C，抵抗值40，弟弟是B，但比母親更低，是100。

總之這下就知道，如果在普尼肆虐的地方生活，不具耐受性的父親在精神和肉體方面立刻就會受到影響。

附近的公園和田地已經開始有普尼作亂，這裡漸漸變成普尼「較多」的地區了，我們開始研究搬家的可能性。

事實上，父親說他只是看見田裡布滿白色的凝膠狀物體，就會身體不舒服，所以他也辭掉了必須騎機車外送的披薩店工作，賦閒在家。

我們在家族會議中用電腦查看國土交通省網站上的「普尼MAP」，討論該何去何從。

北海道普尼最少，次少的是東北六縣和北陸。相對地，太平洋沿岸較多，多和少的地方呈局部性分布，零散不連續。

或是也有這種選擇：父親一個人搬去別處，稍微具備耐受性的我們則繼續留在這裡。

「兒島啊，你檢查結果是怎樣哩？」

我在放學後的操場問站在單槓前的兒島說。

「喔，我不想說欸。妳咧？」

「我？A啊。」

有點難為情。

「真假？」兒島說。「妳知道我們學校只有兩個A嗎？」

「咦？真的嗎？還有一個是誰？」

「我。」兒島說。

「咦？」居然！「兒島也是A嗎！天哪！太好了！怎麼這麼巧！」

「妳太大聲了啦。」兒島說。「這值得那麼高興嗎～」

當然值得高興了。兒島居然也是A，不是很令人開心嗎！

兒島的抵抗值是280。即使同樣是A，我的470數字好像還是有點異常。

「可是啊，是A這件事，最好不要到處宣揚。雖然我也說不上來，不過總覺得不要亂說比較好。」

「我不會說出去啦，總覺得知道為什麼。」

兩人之間出現一段奇妙的空白。

「我可能會搬家，因為我爸的抵抗值很不妙。」我說。

「咦！」

「對吧～會覺得咦～這種事真的很教人傷腦筋呢。」

「搬去哪？」

「還不知道。因為只是可能要搬而已。可能去北海道之類的地方吧。就算要搬，第一學期應該還是會在這裡。」

「這樣啊～就算相川是A，家人也不一定是呢。」兒島看著地面說。「唉，我家人也都是B裡滿低的數字。」

也許和遺傳不太有關。

「如果妳搬走，就不好玩了。」

「不用啦。」我說。不用說那種教人害臊的話啦——是這種硬派的回答。不過謝謝你。

即將七月時，普尼已經變得隨處可見了。新聞說這一個月就增加了三千倍之多。

我不經意地想起一個事實：七千年前肯定只有五百萬人口左右的人類，現在已經增加到七十億人口了。

公園、行道樹、樹叢裡面，都有那白色的東西在抖動。馬路上則有被廢氣噴髒、貼在輪胎痕上的普尼。

有一次我看到「長腳的普尼」。

生著四隻腳，有條長長的尾巴，在無人經過的柏油路上爬行。

應該是寵物的鬣蜥還是什麼變成的普尼。

我也看過巨大的不定形白色塊狀物蠕動著爬上集合住宅的外牆。

單獨的普尼沒有五官，也沒有內臟。他們會不會思考？這個問題，感覺就像在問菇類有沒有思考能力。但他們有時候看起來好像具有目標，往某個特定的方向前進，也像是有什麼企圖。

一般來說，生物的數量會因為遭到外敵掠食而減少。

然而普尼卻是「吃了普尼的生物會變成普尼」。

這樣一來，數目根本無從減少。普尼不斷地異常增殖，總有一天，整個地球都會被白色的普尼所覆蓋。

生物學家兩個月前預告的威脅居然成真了。

7

學校宣布「由於治安急劇惡化，無法確保學生安全」，沒有舉行期末考，也沒有第一學期的休業式，第二天就直接放暑假了。課程預定從第二學期重新開始。

這是創校以來史無前例的事。

校方在臨時集會上說，視情況，即使進入第二學期，也有可能無法繼續上課，學校將長期停課，最糟糕的情況，有可能關校，但「課業非常重要，因此大家要對各種事物保持好奇心，別忘了自習，努力充實自我」。

學校一停課，馬上就有穿西裝的大人來我們家登門拜訪。

所謂的大人是我們學校的學年主任、導師、副市長，還有消防局的人（三個人）。

他們說想要和我還有父母談談，我們坐計程車前往國中的職員室會客區。因為停課，學校裡沒有學生。

一群熊腰虎背的中年人擠出假惺惺的笑說：「哈哈哈，聖子，別那麼緊張，放輕鬆。怎麼樣？每天都過得很開心嗎？」他們對我笑的樣子實在很詭異，我不安起來。

他們來訪的目的，是要挖角我。

他們說消防廳要組成普尼災害的救援小組，希望A耐受性的我參加。

「具體來說，是做什麼樣的工作？」父親問。

「接受訓練以後，主要的工作是前往全國各地，在發生普尼災害而孤立的地區進行救援工作，以及執行撲滅普尼作戰。應該也會與自衛隊等其他組織合作。」

我感受到來自國家權力的壓力，覺得彷彿瞭解到戰爭時期收到徵兵令的學生是什麼心情。

但我無法立刻回答。

我不喜歡消防隊那種「運動社團公務員」的氛圍，感覺他們星期天也要練劍道還是柔道。我是那種星期天會想要穿著破牛仔褲躺在床上打電動的人。

「聖子。」副市長說。不要叫我的名字啦～噁心，我心裡吐嘈，但如果叫姓，可能會跟在場的我的父母搞混，或許也是沒辦法的事。

「妳知道跟妳一樣讀二中的學生裡面，還有一個A耐受性的學生嗎？」

「啊，呃……兒島嗎？」

「啊，妳知道啊。兒島健同學一口答應說要參加。」

我突然心動起來。

「咦，那如果我參加，會跟兒島同一隊嗎？」

「我不清楚會不會一直在一起，不過剛進去的時候，應該會分配在同一個單位。」

「還有規定的薪水可以領。」消防廳的人說。

是喔？我心想。既然叫做薪水——

數字應該比父母給的零用錢還要多上好幾倍吧？不過這樣就等於是出社會上班了吧？

「從……什麼時候開始上班？」

副市長和導師對望一眼，就像在互使眼色。

「原本應該要等到畢業以後，但現在普尼災區的現場急需人才，只要確定有參加的意願，立刻就會開始訓練和出動。現在剛好是暑假，會暫時住在消防廳裡。學業方面，等第二學期開始，可以像現在這樣，一邊讀二中，有任務就前往現場，或是搬進消防學校附近的宿舍，遷到那裡的學校。不過A耐受性的人才非常稀少，不管怎麼樣，都很有可能一直以工作為優先。」

「可是，我想要至少讀完高中。」我神色陰沉地說。

副市長說：

「我們會提供特別優惠措施，確保在升學方面不會有任何障礙。」

他們提出了可怕的誘人條件：

如果想進的是公立學校，無論考試分數如何，想要進哪一所學校，都可以無條件入學。入學金、學費、教材費等所有的費用都可以免除。

此外，在就讀的高中，即使出席日數不足，也保證可以畢業。

當然，規定的薪水是全額給付，不會扣除任何費用。

「我們不會要求妳今天立刻做出答覆，但國內的狀況，就像新聞上說的那樣，危在旦夕。」

父母也不知道該如何是好吧。因為耐受性強，就讓自己的女兒進入一般人一踏進去就會死掉的汙染地區？絕對不行！但接近市政府及校方代表的人提出來的條件又吸引力十足，或許在各種意義上，這對女兒的人生還有家人來說，都是個大好機會——他們一定陷入了天人交戰。尤其我們一家人現在父親失業，因為耐受性問題而考慮搬家，如果這時候其中一個受扶養人口自力更生，會減少許多負擔。

他們回去以後，父母說：

「這是妳的人生，妳要自己決定，我們無法替妳作主。」

8

我在澀谷的消防學校與隊友見面。

我隸屬的部門是消防廳在原有的消防業務外另外新設的「普尼災害應變課」。消防士鳥居是我的直屬上司，也是「隊長」。副隊長六田也是消防士，底下則是從附近的市町村召集而來的大學生、高中生或前上班族等因為耐受性高而被「徵兵」而來的基層隊員。

兒島也在其中。

我和兒島對望了。不曉得兒島是不是早就知道我也參加了，他面無表情地別開了臉。我也面無表情地撇開了頭。

自我介紹時，大家得知我和兒島是同一所國中的同班同學，發出謎樣的鼓噪聲：「噢噢～！」

「你們很要好嗎？」六田問兒島。

「要不要好喔，我們讀同班嘛，有時候會講幾句話吧。」

「不是特別要好，但也沒有不好。」我說。

接下來首先是約一個星期的宿舍生活。好像是為了進行集訓。有跑步、重訓、器材講習、影片講習等等。也許人手真的非常不足，訓練第三天，我們就接到第一場任務了。

我、兒島和其他隊員突然被趕上直升機，在機內接受任務內容簡報。到了這時候，就已經是強制性的了。

茨城縣出現局部性普尼災區。

有幾個人還留在該地的公民館和民宅，請求援助。

周邊的雜木林化成普尼，發生類似雪崩的狀況，堵塞道路，因此救援車輛無法進入。

此外，市區東部也發生了火災。這邊目前由茨城縣的消防隊進行滅火工作。

我們的任務是將防護衣和防護面罩送到公民館和民宅，協助求救的民眾避難到運輸車輛停車的地點。

我們在夏季的住宅區下了車。

舉目所見，全是一片純白色。

房屋和樹木都被普尼淹沒了。

運輸車輛前方聚集著穿防護衣的人。他們是災害救援的自衛隊隊員，眾人彼此寒暄之後，進行任務步驟說明。

幾分鐘後，我們出發前往公民館。

五名隊員徒步經過化成一片雪白的領域。

我們以防護衣和防水長靴包覆全身，戴上感覺像造型銳利的全罩式安全帽的防護面罩。身上揹著五十公升容量的背包。

現在可是七月。

「熱死啦～好想去游泳～」旁邊的兒島也不是對誰說，用自言自語的口氣埋怨著，我也自言自語地回道：「好想吃冰呀～」

路上有白色的人形。

是覆滿了普尼的屍體。

慘絕人寰。

我和兒島已經不再交談了。

看起來像白色年糕捏成的狗有氣無力地走著。那已經是普尼了，或者精神上還是狗？

我在訓練影片中看過局部性災區，但這是第一次實際走在裡面。

仔細一看，白色的地表微微地冒著泡沫、細微地蠕動著，每一腳踏上去，普尼那Q彈的觸感都教人頭皮發麻。

我一清二楚地體認到，這個地區再也沒辦法住人了。

抵達公民館前面了。

我看著領頭的隊長打開玄關門，不經意地想起了小佳。

人是會死的。

或早或晚，不論原因是什麼，都是會死的。

進屋以後，我摘掉了面罩。

室內很涼爽，汗一下就乾了。

我們用專用的刷子刷掉黏在長靴和防護衣上的普尼後，進入走廊。

公民館附設有圖書館，可以看到熄了燈的書架。

「不好意思～我們是救援隊～」

隊長出聲吆喝，就好像來送宅配一樣，亮著燈的會議室門口打開了。

「啊，來了來了，不好意思。」一個登山打扮的男子鞠躬哈腰地走了出來。

偌大的室內有幾名老人。所有的人都看向我們。啊，太好了——我鬆了一口氣。

「這不是小孩子嗎！」

白頭老人看到沒戴面罩的我，生氣地說。

「我十三歲。」我想知道反應。

白頭老人瞪大了眼睛，露出茫然的笑：

「十三歲還算是小孩子啊！這太離譜了，小孩子不應該跑來這種地方，妳爸媽在做什麼？居然讓自己的孩子做這種可能會沒命的事——」

將兩名國中生派到這種地方出任務，我也覺得國家真是沒血沒淚。但如果讓抵抗值低的人去救人，只會一起遭殃。

「我抵抗值超過４００，沒問題的。」

老人們驚呼起來。

其實如果是我，就連在戶外行走，都不需要面罩和防護衣，但規定就是規定，我還是乖乖穿戴。

我們發放帶來的簡易面罩和簡易防護衣，並分發水和糧食。

「運輸車預定會停在過去的公園那裡。接到運輸車抵達的連絡後，我們就離開這裡，步行到車子那邊。」

鳥居隊長向避難者說明。

「距離大概四百公尺。所有的人都穿上防護衣，暫時在這裡等待。」

「還有一個人。」

看上去年近六旬的男子說。

「是我太太。」

我前往公民館後面的體育館。

噗滋噗滋地踩過白色的塊狀物。

仔細一看，到處都有呈蛾狀或毛蟲形狀的白色物體在蠕動。

體育館一片空蕩蕩，但地板已經遭到普尼汙染，各處呈現斑白狀。

體育館角落有一頂帳篷，裡面坐著一個全身白色、噴出細絲的女人。

「妳好。」

「啊，是。」那個人嚇了一跳似地抬頭看我。「咦，是救援的人嗎？怎麼可以跑來這種地方呢……」

在周遭被如此大量的普尼所覆蓋的地區，很多人都是不小心持續誤食摻入了普尼的水或食物而變成普尼。

雖然有個人差異，但人經口攝取普尼後，剛開始的幾天可以維持人格，但接下來就會無法溝通，約七天左右便會失去人形，徹底變成普尼。

「已經開始普尼化的人，不能救助」。

這是小隊嚴格奉行的規定。

一方面無從救助，而且如果送到醫院，會造成醫院汙染，釀成更大的災情。

「請問，妳是山田太太對嗎？」

「對，我是。」

那個人說。

附近有相簿和裱框的相片。其中之一是全家在瑞士夏慕尼蒙白朗拍的照片。是因為知道自己已經來日無多，所以在看紀念品緬懷過去嗎？

「一開始大家都待在體育館，不過一個接著一個從鎮上離開了，體育館也空出來了，所以他們說我待在這裡也沒關係。」

山田先生拜託我向妻子轉達一聲。

接下來我們所有的人要撤離了。

但沒有辦法帶妳一起離開。

——必須由我來告訴她這些話。

但我完全說不出口。

對方似乎察覺我的沉默意味著什麼。

「大家要撤離了對嗎？妳是來通知我這件事的。」

「啊，嗯，就是這樣。可是——」

可是什麼？我不知道接下來還能說什麼。可是沒事的？不可能。每個人都知道她再過幾天就會徹底變成普尼，完全沒有救助的方法。

安慰之詞聽起來反而偽善、假惺惺、輕佻。讓人心生期待的謊言，比什麼都不說更要罪惡。

「太好了，有幾個人倖存？」

「七個人。」我說。「山田先生——妳先生也活著。」

「這樣啊。妳也是，還這麼年輕，真是可憐，竟然生在這麼不幸的時代。」

不，我不重要啦。

「呃，那個，」我說。「有沒有什麼、信之類的東西，我可以幫妳帶去。」

「沒有沒有。」對方在臉前搖了搖手。

「那要不要替妳轉告什麼？」

「那，替我跟大家說聲拜拜～啊，還有，叫我老公不要來跟我做最後的道別，他耐受性很低。」

我行了個禮，逃之夭夭地離開這處宛如寬闊墓地的陰暗空間。

回來之後，我將山田太太的話轉告給會議室裡的人。

「她說拜拜～」

「這樣啊，這樣啊，真的很像她。」山田先生不斷地點頭。

「直到去年，根本沒有普尼這種東西，而且也沒想到會一口氣氾濫成這樣，我覺得如果沒有人留下來保護這個鎮，想要回來的人也會回不來，所以才……」

他的臉上浮現種種懊悔。

——他不可能知道。如果他知道，就不會留在這裡了。他不可能知道居然會失去妻子。

七個人都穿上防護衣和面罩，離開玄關。

然而才一走出戶外，山田先生就突然蹲下來抓起了普尼。

我當下就悟出山田先生想要做什麼了。

我撲向扯下面罩、正要把普尼塞進口中的山田先生，抓住他撿起普尼的手。

「不行！不可以！不可以！」

山田先生放掉了普尼。

他面色蒼白，雙眼失焦，一語不發地只是瑟瑟發抖。

「她不想要你這樣，她不想的！」

太太不希望山田先生這麼做。

那個太太不會希望先生留下來一起死。

我這麼說，將山田先生歪掉的面罩戴回去。

山田先生沉默不語，乖乖地上了運輸車。

但事後我又想了：

我這個陌生人，怎麼可能知道太太不希望如此？最重要的是，他想要死在他想死的地方，這有什麼不對？我毫無理由地剝奪了他死得其所的機會。

這天的救援活動，除此之外還有四個地方，我們前往民宅、學校等地方，完成一項又一項的任務。

晚上災區附近有商家提供住宿，我們下榻在那裡，但沒想到居然是馬路旁的汽車旅館，也就是所謂的「愛情賓館」。

因為一人一個房間，我沖了澡，在天花板貼了鏡子的大床上躺下。

抬頭一看，房間角落擺了一個數位電視出現前的電視（大屁股的那種，而且還沒有畫面），布滿灰塵，電視几上擺著二十年前的雜誌。骯髒的壁紙營造出獨特的風情。

室內一片寂靜。我想所有的房間都是救災人員在使用，應該沒有所謂的一般房客。

回想起山田太太，淚水奪眶而出。往上一看，鏡中倒映著漲紅了臉哭泣的自己，感覺說不出的奇怪。

隔天一直到傍晚，仍持續有救災行動，結束之後似乎總算告一段落，我們終於撤回東京的宿舍了。

八月期間，我們出動了六次前往現場。其中四次我和兒島同隊。有些和第一次出動一樣，是救出受困當地的人，也有恢復普尼災區電力的任務，或幫忙代為在農地噴藥等行動。

八月底時，我拿到了薪水明細單。發單子的時候，總務的人說「雖然不多，不過會慢慢調薪」。我去銀行刷簿子，發現就像明細單上列的那樣，匯進了二十二萬圓。

哪裡不多了！什麼都可以買嘛！

之前我一直有種好像受騙的感覺，但這下心態完全不同了。金錢真有說服力。

我懷著飄飄然的心情走在路上，手機發出接到簡訊的鈴聲。

是母親傳來的，通知父親過世的消息。

結果後來我們一家人，母親和弟弟留在原本的家，只有父親一個人去新潟避難。父親搭乘的上越新幹線在中途停車，乘客被迫下車，但那裡是遭到普尼汙染的地區，父親因為急性普尼中毒而過世了。

享年四十七歲。

我閉上眼睛，怔立了好半晌。

他總是會帶披薩回家。他喜歡放老唱片，聽著音樂放空。

美國發射了調查「不明天象」的衛星。現在幾乎已經沒有專家或一般民眾把它當成「天象」了。

世人拿掉「天象」兩個字，開始稱它為「未知體」。

根據衛星回傳的資訊，那裡似乎發生了「次元扭曲」現象，從以前就一直有種說法認為那是「來自外太空的未知物體攀附在地球上」，現在這個說法頓時變得可信起來。

同時透過衛星資訊，也得知了地表的普尼是因為「未知體」所發出的能量而活化。

9

進入九月，二中再次復課了。

學生的數目大幅減少，原本的三個班級合併成一個班。

我也暫時回到老家公寓，繼續上國中。教室和走廊失去了過往的活力，每個人都顯得有些生疏，就像在彼此察言觀色。

穿著制服，坐在KOKUYO牌的課桌前，我興起一陣感慨：我還只是個十三歲的國中生啊！

座位也都換了，是全新的班級。

舉國上下都在對抗普尼。

九月初，政府頒布了普尼法。

在指定焚化廠以外的地方對普尼點火，成了違法行為。

政府發下類似大型夾鍊袋的普尼袋，鼓勵B耐受性以上的人看到路上的普尼就裝進袋中，送去焚化廠。

裝滿一整袋的普尼，送到市政府的垃圾焚化廠或業者的交易處，一袋可以換到四十圓，因此有愈來愈多人藉此賺取外快。賣個二十袋就可以賺到八百圓。一些失業者戴著口罩和橡皮手套滿街走，明明耐受性很低卻想要蒐集普尼而死亡的人亦不絕於後。回收普尼的小卡車開始在路上巡迴。

都市地區的普尼減少了。

然而就像打地鼠一樣，無法斬草除根。

白色不定形的老鼠從下水道爬出來，烏鴉看到便啄食，然後飛散的白色普尼又再次擴散開來。

連日都有影片從北九州的災區上傳到影音網站上，是三十名普尼化的白色年輕男女一邊跳著嘻哈舞曲，一邊迎接死亡的影像。影片是他們自己上傳的。也許是受到觸發，有愈來愈多人拍攝自己的最後七天，上傳到網路上。

沒有一天看不到宛如末日景象的影片，但升學考、期中期末考還是照樣存在，上班族繼續上班，棒球賽、足球賽、花式滑冰及藝人外遇一樣成為話題，電影院和遊樂園也和普尼出現前一樣，繼續營業。輿論認為，沒有意義的自我節制，只會造成負面的連鎖反應。

我和兒島上學時，胸前會掛個袋子，裡面裝著普尼災害應變課發的特別款式的手機。上課期間，如果它以震動模式響起，我們可以向老師報告一聲，直接離開，前往現場。我們一起搭電車，一起前往現場。

這樣的生活一直持續到畢業。

忘了是哪時候，我們也接受過電視採訪。攝影機一直跟在我們背後，讓人做起事來綁手綁腳的。

就我所掌握到的，直到我畢業以前，光是二中的學生就死了五十七個人。每個人的死因不同，但追根究柢，都可以說是普尼所引起的。

倖存的學生之間，父母和手足死去的話題也成為日常。

然後，我們從國中畢業了。

10

不知道哪裡傳出來的流言，說有會說人話的普尼。

傳聞說，能與人溝通的普尼，就像普尼的首腦，是操縱其他普尼的王。

普尼王。

這是當時多不勝數的流言之一，但這個流言有幾個根據。

比方說，兵庫縣的西宮市與尼崎市發生造成兩千人死亡的局部性普尼災害那時候。

根據記錄，當時普尼的行動就彷彿具有意志一般，避開了主要幹道，繞過幼稚園，從一度侵蝕的地區撤離，前往其他市。

此外，當時在現場的幾名倖存者聽到普尼說話。內容是簡單的吆喝，或是這類避難指引：「這裡幾分鐘後就會全部（被普尼）淹沒，立刻逃向西邊。」

結果這場普尼災害，約四天左右便如同退潮般平息了。

不過自從「未知體」出現以來，幻聽幻覺就是家常便飯，甚至出現「普尼醉」這種名詞，意指抵抗值低的人待在有許多普尼的地方，失去正常思考能力的狀態。此外，由於實際上的確有逐漸普尼化的人在災區向人攀談的情形，因此我認為只是因為普尼出聲說話，就認定那是「有知性的普尼」，是過於武斷了。

以前我們接到群馬縣館林市的普尼災區請求支援而前往當地時，就曾經被站在路邊的五個白色的人搭訕。

「啊，是救災員。」一個人說。「喂～我們已經快死了嗎？」另一個宛如雪人的人說。與地面的普尼同化的另一個人則說：「救救我——不行吧，沒辦法呢。那，去死吧，你也去死！咦？妳是女的？是女的喔～那，脫衣服，現在立刻脫光光。」他以寂寞的語調，說著這類很有問題的內容。

當時我嚇了一跳，罵回去：「閉嘴啦，沒有裸體給你看啦！」可是一想到：啊，可是這些人馬上就要消滅了，忍不住又悲哀起來，快步離開了。

話題回到升上高一的我。

第一學期即將告終的七月某個星期二的下午兩點左右。

我人在家裡。

我在開著冷氣的房間裡，趴在床上，正在用掌上型遊戲機打電動。

我沒去學校。

說來慚愧——我蹺課了。

就像招募時提出的條件，我可以無條件進入公立高中，因此我免試進入了「可以從家裡通學的範圍內、入學分數頗高的優良熱門高中」。不過雖然進去容易，但由於和國中的時候一樣，頻繁的訓練和任務是第一優先（這也是在學條件），因此幾乎沒辦法去上課。

但我一星期還是會去上個兩天課左右，只是這樣的出席狀況，根本無法跟上進度，甚至不知道有什麼作業，也不能加入社團，不可能交到一起留下回憶的朋友。

此外，同學也都知道我是在普尼災區工作的特種生，是免試入學進來的。看在努力讀書好不容易考進來的學生眼裡，肯定很不是滋味。

開學才剛過一個月的五月，我就聽到有人在背後說我壞話：「相川到底是來學校幹嘛的啊？她真的有夠爽的，反正保證一定能畢業，幾乎沒來上課嘛。可是既然這樣，她來學校有什麼意義嗎？」如果要反駁這些批評，理由就只有「我想當高中生看看」，但如果這麼說，只會被當成厚臉皮的女人，讓雙方的鴻溝更深。

附帶一提，兒島也進了某所高中，但他從一開始就選擇不去上課。

因為這樣，第一學期快結束的時候，我已經懶得去學校了。

我的月薪已經滿豐厚了，而且又保證絕對能拿到高中學歷，因此連母親都公然允許我蹺課，我從平日就堂而皇之地賴在家裡。

手機發出警報聲。

我放下遊戲機。

就在這一刻，我居住的城市成了「避難指定區域」。

緊接著，戶外遠方傳來「叩滋」的怪聲，房間停電了。

背脊一陣發冷，我急忙看窗外。

弟弟在學校——母親也還在上班。

母親立刻打電話來：

『我們分頭逃難，妳趕快離開家，騎自行車沿著國道往西邊逃！』

「普尼——」

『現在是異常狀況！妳可能習慣了，可是死掉的時候，真的一下子就會死的，千萬要小心！』

我抓起自己的面罩，穿上長靴和雨衣跑出戶外。雖然沒有防護衣，但多少可以阻擋普尼。

好熱。可是沒空管這些了。

好白。

就好像下了雪。普尼以驚人的聲勢從下水道「啵啵啵」地滿溢而出。滿溢的普尼扭動著身體，自由自在地爬上樹叢和民宅牆壁。

天空的「未知體」巨大得駭人。

我用手機查看，國中的方向似乎是普尼最多的中心地點。

我跑向我的母校、現在弟弟就讀中的國中。

從正門衝進舉目所見全被普尼覆蓋的校園。

校舍變得就像抹滿了鮮奶油的巨大蛋糕。怎麼會變成這樣？

「相川！」有人叫我。

體育老師、保健老師、數學老師、桐生、荒井還有上末等人聚在操場角落。除了老師以外，都跟我一樣是去年畢業的二中生。桐生就是小佳喜歡的那個桐生。畢業生應該是一接到警報，就立刻趕來這裡了。

「妳來做什麼！這裡不是指定避難所！」體育老師說。

「呃，因為好像很危險。」我說。「我是來幫忙的。」

「我也跟桐生他們說了，這裡很危險，你們快回去！」

「啊，可是沒有學生在校舍裡面嗎？我抵抗值超過４００，而且在消防的普尼災害應變課工作耶？」

老師們面面相覷，像在商量該怎麼辦。如果把去年以前就讀這裡的我當成學生，應該要叫我立刻去避難，但如果把我視為普尼災害應變課的隊員——不，應該要這麼看待才對。因為我這個現役的隊員都已經帶著面罩趕來了。在學期間，你們不是總是目送我跑出教室，趕往災區嗎？

「還有幾個人倒在裡面。」

「走吧，我剛才也正在說這件事。我好歹也算是B耐受性。」

桐生對我說。

「桐生，你不要去比較好。」

體育老師說。

「囉嗦啦，相川一個人也搬不動啊。快走快走！」

沒辦法等到支援趕來了。

我和除了我以外，耐受性最高的桐生一起衝進校舍。

密密麻麻地貼在天花板上的白色物體呈冰錐狀垂落下來，感覺就像黏答答的鼻水。地板溼溼滑滑的。

桐生的抵抗值是１４０，我把帶來的面罩交給他，要他戴上。

一樓走廊，兒島一年級時的導師佐島倒在地上。
旁邊倒著兩個女生。
「學生優先？對吧？」桐生問。
「啊，嗯。」唔，應該吧。
我跑進保健室拿來擔架，將女生搬到擔架上，和桐生一起搬出去。
體育老師和畢業生在外面等，我們把昏倒的學生交給他們，他們立刻把人搬到安全的地方。
就這樣重複了三次，佐島老師也被搬出去了。
好，接下來是二樓。
「我弟讀這裡。不過他應該已經去避難了。」
如果沒有的話，有可能倒在走廊或教室。
「喔。」桐生說。「那先去那裡吧。妳弟幾年級？」
「一年級。二班。」
我們直接前往二樓的一年級教室。沒看到弟弟。他是抵抗值100的B耐受性，除非被普尼埋住，否則應該不會馬上昏倒才對。應該是平安避難去了。
沒看到弟弟，但有一個男生和兩個女生倒在地上。一定是弟弟的同學。

我們照著剛才的步驟把他們放上擔架，送到玄關外面。

我們馬不停蹄地活動著。

「妳有夠壯的。」搬出第六人時，桐生在戶外目瞪口呆地說道。「不愧是——」

他「嗚」地一聲掩住嘴巴，離開幾步嘔吐了。

「桐生，不要勉強。」我說。

「沒事沒事。」

他喝了瓶裝水，休息了二十秒，我們再次一起進入校舍。

我知道桐生認為小佳會死，是因為那天他把佐藤帶來的普尼掃到小佳身上的緣故，一直為此痛苦不堪。從那天以後直到畢業，桐生再也沒有惡作劇，並失去了笑容。他成了很安靜的一個人。學校被普尼攻擊，他願意勇闖險區救出學生，一定也是因為心裡有著非這麼做才能贖罪的感情。

我不認為小佳是桐生害死的。其實我也曾經這麼想過，但那只是一場無心之過。只是小佳倒楣剛好站在那裡，如果要追究責任，把普尼帶來學校的佐藤也有責任，在場的每一個人，也或多或少都有責任。

——搬出幾個人了呢？

忽然間，我「迷糊」起來了。

回頭一看，桐生不見了。

我一個人站在被白色物體覆蓋的陰暗走廊上。

「桐生……」

我出聲。平常交談的時候，我們不會特別叫「同學」。

沒有回應。也沒看到擔架。咦？我在做什麼？剛才（剛才？剛才是什麼？）呃，這裡是幾樓的走廊？

思考停滯。

跟桐生走散了嗎？

『嗨。』

我嚇了一跳，東張西望。不是桐生的聲音。

『是在叫妳喔。別吃驚，不過吃驚也沒關係。』

「誰？活人嗎？」

『唔，對。』

走廊前方是堆積如山的普尼。

周圍的普尼慢吞吞地聚向那座山，逐漸膨脹，化成了有兩條腿和兩隻手的白色人形。

我驚叫起來：

「天！這什麼？這什麼？」

不是人變成普尼，而是普尼聚在一起，構成人形。我第一次看到這種現象，而且沒有明確思考能力的普尼根本不會做這種事。

『若問這是什麼……是什麼呢？妳覺得是什麼？』

我用力嚥了一口唾液。

普尼王……嗎？

我慢吞吞地後退，退到樓梯處，結果普尼把樓梯堵住了。還很故意地形成了格欄狀。

「桐生呢？」

『跟妳一起在校內活動的男生，我先把他送出去外面了。長時間待在這麼高的普尼濃度裡，他快要昏倒了。他最好休息一下。其餘昏倒的學生和職員，我都送出去了。』

中間停頓了一拍。

『我想和妳聊一聊。』

「為、為什麼？」

為什麼會想要跟我說話？

對方沉默了。

等等，可是，或許這樣的機會不再。

我將湧上心頭的恐懼強壓下來，應道：

「那你說吧。我想聽。如果普尼有意志的話，我想知道普尼在想什麼。」

一小段停頓。

『普尼沒有意志。妳——對，妳的抵抗值多少？』

對方知道抵抗值？我猶豫著不敢將資訊透露給來路不明的對象。

我遲遲不開口，對方說了：

『一定出類拔群對吧？因為現在這種濃度，D耐受性的話，光是呼吸兩、三口就會當場死亡了。』

我點點頭說：

「我是A耐受性。」

『就算是A，也是特A吧？我知道。在妳眼中，「未知體」看起來像什麼？』

「我看起來像一顆藍色的星星。」

『我也是，看起來像一顆藍星，彷彿人可以在上面生活的行星。』

普尼構成的人形坐在普尼構成的椅子上。

「你是誰？」

『我是人。也可以說我曾經是人，不過我現在依然自認為是人。』

我聽不出聲音是從走廊深處的人形普尼傳來的，還是從別的地方傳來的。

『我簡單交代一下我的經歷吧。因為我想要說的，完全就是我是誰。這件事之後妳可以告訴妳的夥伴沒關係。』

11

我和家人住在某個縣。

我生活的地方是座猴子山，猴子王整天撿地上的大便丟旁邊的猴子。這隻猴子心理不正常，非要朝看到的每一個人丟大便才甘心。

什麼？妳問我是不是住在動物園？

不是啦，這是一種比喻。

那個腦袋有病的猴子王就是我父親。

他也不是真的向人丟大便。

用比喻會混淆呢，好吧，我盡量少用。

那個時候我十六歲，只想高中一畢業就快點離開這個家。

父親的抵抗值是70，C耐受性。

我的抵抗值是５００，A裡面的A。

除了父親以外，其他家人都是B耐受性。

一天，我父親在公園旁邊的露天咖啡座吃午飯，沒發現一隻小普尼從樹梢掉進盤子裡，把摻進普尼的培根蛋義大利麵吃進了肚子裡。

去醫院也太遲了，父親開始普尼化了。

只要吃到普尼，人大概七天就會完全變成一團普尼。

等於是死亡前的倒數七天。

父親告訴家人普尼化的事。他決定死前的七天要在家裡度過。

「我會普尼化，是因為你們對我下毒手，在我的飯裡面放了普尼。」

父親立刻陷入這樣的妄想，怨恨起家人，厲聲指責我們。明明是他一個人外食的時候發生的事，顯然不是事實，但不管向他解釋多少遍，他依然會回到原點，嚷嚷著相同的內容。因為他這個人如果地上找不到大便，就會自己拉屎。

家人們心想「既然你這麼恨我們的話」，便準備離家，但他也不准我們離開。他不願意一個人度過最後的七天。他這個人嚴以律人，寬以待己，應該是害怕吧。他選擇了扔大便扔到死。

所以我們直到最後都煩惱極了。再怎麼說都是一家人，忍耐個幾天就過去了，就任由他無謂地辱罵到最後嗎？還是想想過去的積怨，應該丟下他出門旅行去，等到他死了再回來？

就在父親開始普尼化的第三天。

我們全家討論決定，如果忍耐到達極限，就要丟下父親去外面住旅館一星期。

就在這天，家人——妹妹、母親和我被下了安眠藥，昏睡期間，父親餵我們吃了普尼。

他不允許我們在沒有他的世界笑著幸福度日。

母親殺了父親。

母親一發現父親對我們做了什麼，當場衝出屋外，從倉庫抄來鏟子。

一晚過去，進入普尼化第四天的父親，正好行動變得遲緩了。他占領客廳，毛孔噴出黏稠的細絲，兩眼炯炯發亮，放聲大笑，口沫橫飛地開心喊道：「活該！活該！這下你們沒法置身事外了吧！懂了嗎？驚慌吧！掙扎吧！痛苦吧！為你們做的好事遭到報應吧！」

母親衝進客廳，鏟子朝坐著的父親腦門砸下去。

沒有人阻止。

父親的頭因為普尼化而變得柔軟……但裡面的東西還是沒變。

噴得到處都是。

就像限制級電影的一幕。

當然，沒有登上社會版面。因為屍體變成普尼了，不會有人報警。

這樣的事，我想現在到處都在發生。

曾是父親的白色古怪屍體，我們搬到院子裡燒了。

母親和妹妹死前的七天都待在家裡。

因為就算出去，每個人看到普尼人都會閃避，店家也拒絕進入。

妹妹一直拿著手機上社群網站。

上千則的訊息。她和男生女生、沒見過的網友，以及許多現實中認識的朋友熟人，直到死前一刻都不停地聊著天。

母親虛脫以後，開始卯起來叫外送特級壽司、松阪牛等等。我們生活的地方那時候還不是避難指定區域，所以東西不斷地送來。因為根本吃不完，剩下來的就隨便往院子丟。我們大吃特吃，還拿高級和牛做咖哩和三明治。

其實，我這個人原本一直胸懷大志——「我要放棄現階段許多的娛樂和享受，拚命讀書，將來一定要成為非凡的人物」。

當我開始普尼化時，湧上心頭的是無止境的憤怒。

我憤怒的吶喊沒有人聽到。

我跑去買菸，點了火。這是我能做到最叛逆的行為了。妹妹和母親也伸手過來，大家一起抽了菸。

一旦發現自己失去了「未來」，就什麼事都不想做了。

一天，我打開房間下樓去，發現妹妹的衣物夾在一團普尼裡面。

庭院有露出母親衣服邊角的白色塊狀物。

啊——我心想。

她們兩個從這個世上消失了。我完全無法相信。因為那看起來完全就只是有普尼黏在脫下來的衣服上而已。

我應該也會變成普尼才對。

但是我跟其他家人都不一樣。

從第三天起，我的肉體就開始「抵抗」普尼化了。

理由應該是全國數一數二、高得異乎尋常的抵抗值。

我吐了又吐，痛苦翻滾。全身起了蕁麻疹，腦袋沉重……

啊，夠了，乾脆死掉了還比較輕鬆——即使這麼想，我也沒有死。我只是昏厥過去，又醒了過來。

我在寂靜的房間裡不停地痛苦打滾。

痛苦到達巔峰時，我飛到了「那個不可思議的世界」。

那裡有小丘、有電車、有商家、有山、有海，是每個人都過著美好生活的世界。

宛如繪本般溫柔、向晚的清透天空有魔女飛過的國度。

奇幻世界。

我只覺得自己在做夢。

我想，是我的意識飛進「未知體」裡面了。

雖然沒有根據，但我覺得那裡面存在著人類生活的世界。如果對「未知體」的觀測有更進一步的突破，應該就能知道究竟如何。不過這是題外話了，暫且不提。

我不知道自己在夢中過了多久。

在某個時間點，痛苦消失了。

我沒有變成普尼。我完全恢復了。

好一段時間，我只是恍恍惚惚。

本來想開電視，但停電了。

開窗一看，街景變成一片雪白。

我居住的地方變成局部性普尼災區了。看看手機，裡面有超過十則市政府發出的避難資訊和災害通知。

地板上剛好有隻貓咪大小的普尼在爬，我「指示」它滾出去、走開，結果那個普尼扭動著離開我的房間了。

復活後的我——妳懂吧？

走廊深處的人形普尼半好玩似地，一下崩解變成狗，或變成大象、桌椅。

我說：

「從死亡深淵回來的你，有了操縱普尼的能力。」

『沒錯。』

「你能做什麼？可以操縱普尼到什麼程度？」

『正好普尼濃度太高了點，來讓空氣流通吧。』

走廊深處的牆壁崩塌了。
光從外面射進來。
風吹了進來。
逆光的那東西，現在化成了結滿整條走廊的巨大蜘蛛網。
『沒錯。復活之後，我這麼想：太厲害了，我能做什麼？』

12

我能做什麼？
就像妳現在看到的，我可以輕易操縱普尼。
只要我在中心默念，就可以自由變換普尼的形體。
但是這種力量，不應該只用在捏黏土遊戲而已。
只要把普尼聚集起來，施加壓力，就可以輕易破壞大部分的牆壁和天花板。如果讓化成巨球的普尼在塞車的路上滾動，可以接二連三壓扁車輛，也可以堵塞河流。
由於普尼的特性，不管是五噸還是兩千噸，再多的普尼都可以聚集成形。

告訴妳我首先做了什麼吧。

我將覆蓋我居住地區的普尼——以重量來說，應該有十萬噸左右——我不知道正確的量，但總之我把數量驚人的普尼從我住的地方撤走了。

我在深夜對全鎮的普尼下達指示，把它們移到鄰町有大運動場的河岸空地去了。

我沒有明確的計畫，只是在心中想：「從我住的地方滾開，你們這群軟趴趴的傢伙！」

我想要用這種力量拯救我住的地方。

當然，為了盡量減少破壞，我避開了鐵路、高架橋和電力設備等設施。

普尼一口氣從鎮上離開了。

我覺得痛快極了。

完成這項大工程，睡過一覺醒來後，我看到電視上在報導「神祕的普尼大遷徙」。

對了，我有個心儀的女生。

她跟我是青梅竹馬，長得很漂亮，個性又好。

我從十二歲就開始單戀她，但沒有對她告白之類的。

當我在死者名單上看到她的名字時，我整個人虛脫了，連站都站不起來。

移動的普尼推倒電線桿，撞到停車場的車子，引發爆炸，她就是不幸被波及了。

當然，犧牲者不只她一個人。新聞中說，接下來引發的火災，造成了六十人左右喪生。

在這之前，我一直在心中幻想著一個場景。

那就是無數支麥克風團團包圍住我，閃光燈此起彼落的記者會。我在記者會上宣布：

「對，這就是我的力量。我會用這份力量，消滅全世界的普尼。」

我要成為英雄，把地球從普尼的魔爪中拯救出來。我就是懷抱著這樣的雄心壯志。然而剛起步就犯下如此重大的疏失，我的自信心一口氣被挫光了。

——我會不會被判死刑？

我害怕起來。都是因為我對普尼亂下指示，才會害死這六十個人。如果預先徹底做好避難指示，完全可以避免這樣的悲劇。都是衝動行事的我不對，不是一句對不起就能卸責的。

不過，就算想公開行動，鄰近的行政地區也絕對不可能同意讓十萬噸的普尼移動過去就是了。

結果我害怕遭到究責，為了自保，不敢拋頭露面了。

接下來的日子，我開始悄悄地操縱普尼。

雖然不為人知，但我一直想要貢獻社會。

但每次只要我行動，就會造成死傷。

移開堵住鐵路的普尼，結果普尼堵住馬路，造成車禍。

移開覆蓋山林的普尼，結果引發土石流，掩埋了山腳下的聚落。

但每當各地發生局部性普尼災害，我就會前往現場。

因為一定有什麼我幫得上忙的地方。

看到救災車輛無法通行，我就會指示堵住馬路的普尼移開。

有一次我看到普尼湧進還有小朋友的幼稚園，便拯救了那所幼稚園。

我也曾經發現縱火犯，在他危害周圍之前，操縱普尼，讓他普尼化而死。真的有喔，像這種想要讓災害更進一步擴大的人。

不管救了誰，都無法從根本解決問題，而且因為我是在暗處行動，沒有任何人發現，所以得不到任何感謝和肯定。畢竟獲救的人根本沒有被拯救的自覺。若說是自我滿足，這確實只是在自我滿足，但漸漸地，我開始質疑起來：我的行動真的有意義嗎？

我開始懷疑——「我是不是袖手旁觀反而比較好？」畢竟只要普尼存在的一天，就沒完沒了。

但一看到哪裡出事，我就覺得非行動不可。

妳應該是今天上午接到災害警報的，但我在昨天傍晚，就「感知」到這裡應該要出事了。

普尼會經過下水道或地底的小動物通道等等，在地下移動。自從我變成這種體質以後，就可以隱約察覺到普尼在地下的移動，在局部性災害發生之前，也能感受到宛如風雨欲來的氣息。

今早我來到這裡，便預感到要出事了。

然後我事先查看地圖，計畫要怎麼做才能讓災害更容易平息。

我將普尼從車站前、購物中心等人多的地方，還有離開城鎮的逃生路線的國道、自來水相關設施等移開。

就是把普尼集中到公園、運動場、高中和國中的操場等地方。

但操作命令太複雜的時候，會像撞球那樣，發出的指令跟其他的普尼群混雜在一起，彈到不相干的其他地方去。在都市地區，要控制好普尼相當困難。

在這所學校，我集中在操場的普尼不知不覺間脫離了我的控制，失控湧向校舍了。

我就是來將它恢復原狀的。

就在這時，我看到一個抵抗值很高的女生跑了過來。我可以感應到別人的抵抗值。抵抗值高的人，全身會散發出類似超音波一樣刺耳的感覺。

我從以前就知道妳這個人。

去年冬天，我在東村山市到所澤市的局部性普尼災區看過妳。

其實那個時候我也在那裡。

那時候電視台在採訪你們。

後來我也看了播出的節目。

記得是叫「驚爆X　現場最前線」的節目，妳和另一個男生被介紹為「接受特殊訓練，投入救災助人的國中生」。

當時我操縱所澤的普尼，集中到附近的墓地，防止火災擴大到住宅區，並試著利用聖地墓園的火災來燒掉普尼。

我和妳都為了相同的目標而活。我們想要救助居民，遏止災害。

如果不是在哪裡走偏了路，我應該也正從事和妳一樣的工作。

我一直很想把我的事告訴別人。

我很害怕一切都為時已晚，被當成濫殺無辜的殺人犯審判，但我還是認為人類需要我的能力。

請把我的事告訴妳的同伴吧。

如果能透過妳轉達，我會很高興。

我記不清楚他的話在哪裡結束。

他說完的時候，走廊上已經沒有半點普尼了。

從破了洞的牆外吹進來的風拂過我的臉頰時，也許是緊張突然斷線，我雙膝一軟，軟綿綿地癱坐在走廊上。

不一會兒，有人叫我：

「相川！」

是兒島的聲音。

「妳沒事吧？」

回頭一看，是穿防護衣戴面罩，一身熟悉的「抗普尼裝備」的兒島。

兒島確定走廊和天花板連一丁點的普尼都沒有後，脫掉了面罩。

「站得起來嗎？」

兒島伸出手來，我抓住站起來。腳在發抖。

「要我扶妳嗎？」

「不用了啦，我可以走。」我說。不用突然上演那種戰場上拯救傷兵的場景。

我不需要。

但因為雙腿發軟，我還是讓兒島抓住我的手。

「出了什麼事？」

「兒島，不得了了。」我握著兒島的手，邊走邊說。「我遇到不得了的傢伙了。」

「先出去再說吧。」兒島說。「桐生他們都沒事，在操場等。桐生說，突然冒出一道普尼形成的牆，把妳跟他分開了。」

「有人可以操縱普尼。」

「普尼王？」

「嗯。」

真的有普尼王。

13

接下來簡直是天翻地覆。

首先我把聽到的內容報告給上司。

我被要求寫下數量龐大的報告書，接受心理諮商，面對攝影鏡頭述說經歷。

事情愈來愈誇張，我被帶去消防廳總部和防衛省，又在上司催促下，重述相同的內容。

「所以說，那難道不是普尼醉造成的幻覺嗎？」口氣蠻橫的國會議員（我後來才知道他是國會議員）質疑。

兒島和桐生告訴我，我在二中的四樓走廊和普尼王說話時，操場上正在上演表演秀，普尼一下子變成鹿、一下子變成雪球，甚至排出「TALKING」的英文字母（我猜應該是在表示正與我談話中吧）。

老師、二中畢業生等等，在場有許多人都目擊到了。

還有，昏倒的學生們就像放在輸送帶上運送那樣，從玄關口被送了出來。

即使我和他的會面是幻覺，也無法解釋操場發生的現象。

「不是集體幻覺嗎？有太多普尼災區集體幻覺的例子了。」議員說。

要查核普尼王的話並不困難。

由於神祕的普尼大遷徙而造成六十人死亡的地區，很快就查到是千葉縣的某地了。同時也證實了之前在所澤地區，有約兩噸卡車大的普尼接二連三跳進巨大的火焰裡。

「普尼做出避難指示」、「一群普尼擋住了衝進行人隊伍的大拖車」，這些過去都被當成都市傳說或怪談的內容不斷地浮出檯面。

他真的存在。

有人可以操縱大量的普尼——即使不到完美操縱的地步。他甚至可以讓普尼說話。

「假設真的有這種人好了，問題是要怎麼處置他。」口氣蠻橫的國會議員對其他人說道，看到我還站在那裡，他命令我離開會議室：「啊，好了，我已經聽到了，妳可以走了。」

問題是要怎麼處置他。

日本是法治國家，法律必須對所有的人一視同仁。

如果殺人，就必須接受制裁。

無論有沒有殺意、擁有什麼特殊能力，都必須先站上審判台才行。然後根據法律執行程序，決定他的待遇。

在一開始的千葉縣普尼大遷徙中，引發的火災造成六十人死亡。由於他後來對普尼做出的指示而造成的死亡人數，據信也有不少。

他必須先投案，接受警方偵訊，全盤供出他一切的所做所為，然後站上法庭，受到審判。

如果他不投案，就必須派出偵查人員加以逮捕。否則死者家屬也不會善罷甘休。確實，可以操縱普尼是一種特殊的才能。但如果有能力，即使殺了人也可以逍遙法外，那就說不過去了。

這是一派意見。

也有完全相反的意見。

另一派是這麼認為的：

目前普尼災害實在是太過嚴重，對於能夠操縱普尼的人，必須給予最優惠待遇才行。絕對不能讓他亡命國外，也不能讓他對人生悲觀而自殺。即使只是暫時性的，也必須以法外措施先放下他過去的罪責，好好「活用」他才對。如果讓法庭審判他，審理程序曠日廢時，也許他還在服刑，國家就已經先滅亡了。

更進一步說，萬一他「反抗」，會做出什麼事來？萬一他操縱幾萬噸的普尼攻擊警車的話呢？監獄關得住他嗎？死者不會復生，但端看如何處理他，可以預防接下來上百萬人的死亡。應該將他視為超法規的存在才對。

媒體公開了他的存在。他可能犯下的「罪行」刻意沒有公布，但一眨眼網路上就有人指出來了。

到處都有人在爭論該如何處置他。

認為他應該受罰的意見不少。

但最多的還是向他求救的聲音：

「我的田地都毀了，要是真的有人能操縱普尼，快幫幫我吧！」

做決定的，不是我們這些第一線人員。

而是國家高層。

很快地，他的名字查出來了。

野夏旋。

我看到公開在各處的他的照片。是個很普通的男生。

14

沒有人知道野夏旋住在哪裡、現在在哪裡。

就連直接與他交談過的我，也沒有看過真正的他。在那裡的只是被操縱的普尼。

因此政府採取的第一項行動，是透過網路向他喊話。

各地也貼出傳單，內容是請野夏「儘速連絡」，不過傳單上還附了照片，看起來很像尋找失蹤人口或通緝犯的傳單。

當然，野夏沒有告訴我他的連絡方式，也沒有主動連絡我。

這是我十七歲那年秋天的事。

自從在國中母校和野夏旋交談後，一年過去了。

我突然接到前往鹿兒島出差的命令。不是我們小隊，而是只有我一個人。

我詢問細節，說是某個超大型普尼掃蕩計畫正進入尾聲，要求我前往支援。

計畫名稱就叫做「鹿兒島普尼殲滅戰」。

「我想應該是利用妳以前交談過的那個男生來進行。」

鳥居隊長說。

「咦？政府已經連絡上野夏旋了嗎？」

新聞沒有報導。但野夏有可能私下接觸消防廳幹部或政要，然後政府對此保密，沒有透露給媒體。

「應該。這只是我的推測。」鳥居隊長歪頭問我：「原來妳不知道嗎？野夏沒有直接連絡妳嗎？」

「沒有耶。我一個人要去鹿兒島做什麼啊？」
「我只是聽說而已，好像是把普尼丟進火山口的作戰。」
「火山口？」
「櫻島的。」
鳥居隊長猜對了。
搭乘飛機抵達當地以後，我立刻拿到本次計畫的檔案。內容是關於封鎖的國道、住宿設施、媒體公關等等。裡面完全沒有提到野夏旋的名字，只說是「由能力者操縱普尼，將普尼投入櫻島火山口」。
我沒有分派到工作。
我就坐在吉普車上，在大隅半島盡頭的櫻島火山口附近待命，一直跟駕駛座的女自衛隊隊員聊天。
「大家都以為這座山叫櫻島，其實它叫御岳。火山口有三個。」女隊員是鹿兒島人，告訴我許多事。
駕駛座有隨身電腦，不斷地實況轉播經過道路往這裡移動的普尼群。
普尼預定通過的國道和高速公路全數封鎖戒備。

眼前聳立著寸草不生的荒涼火山。是一座迫力懾人的山。
拉起警戒線的路旁，有扛著攝影機的媒體和一般民眾。
許多直升機在上空盤旋。
不久後，封鎖的道路另一頭出現白色的塊狀物，緩緩移動而來。
它沒有溢出柏油路外，扭動著逐漸靠近。
看起來就像一條長得嚇人的白色大蛇，也像是綿綿無盡的妖怪大遊行。
自衛隊隊員開始透過無線電報告：
「這裡是櫻島口，普尼群接近中，前端即將通過。」
我戴上面罩。路上的媒體也都戴著面罩。
經過馬路的普尼比我還要高。
看起來有點像「腸子」。雖然世上沒有生物擁有這麼巨大的腸子。
視野開闊的馬路上，管狀的普尼不斷地往前蠕動著。
我們沒有讓普尼在路上前進的技術，因此果然是野夏旋在操縱的。也許他待在某頂帳篷，或是自衛隊的車子裡。
「這場普尼移動，是野夏做的吧？」我想知道狀況，詢問女自衛隊隊員。
「不知道。我們什麼都沒被知會。」隊員說。「倒是說，要是做得到這種事，怎麼不早點做嘛。」

因為時間愈久，普尼增加得愈多。確實，如果能這樣處理，應該立刻就做。專家統計，由於普尼出現而滅絕的生物，全世界多達五千種。

不屬於管轄的我會被叫來九州，無所事事地坐在這裡，理由應該只有一個：因為我是少數曾經與野夏旋接觸過的人之一。

或許是打算萬一政府和野夏之間出現溝通不良的情況，就派我居間協調。

「相川，妳沒有見過野夏本人嗎？」

「沒有。我只聽過他的聲音，不過我覺得他是個好人。」

「好人？」女自衛隊隊員吃了一驚似地說。

「唔……只是第一印象而已啦。」

他連自己犯下的罪行都毫不保留地說出來了，我覺得他很誠實。要不然的話，應該會設法粉飾才對。

普尼群往御岳方向前進。

第一天沒有造成特別的災害，順利將數百萬噸規模的普尼投入火山口。可以說是大獲成功。

這樣的「解決方法」，看起來就彷彿神蹟一般。

這場作戰持續了三天。
接著是鹿兒島市內，然後轉移到霧島山的火山口，繼續進行相同的普尼殲滅戰。
每一次都完美成功。
不只是日本，全世界都極為矚目，引發了轟動。
野夏旋直到最後都沒有現身媒體前。
沒有多久，次元觀測器完成，查明了「未知體」是呈水母狀的物體，攀附在地球上空，中央有核心，核心附近有一個人類。

15

一年後，我十八歲時，野夏旋第一次現身在國民面前。
我在電視上第一次看到他真實的模樣。
他騎著250C.C.的越野機車，出現在山梨縣的甲府街道上。
地點是山梨縣的富士山山腳下，樹海普尼殲滅戰的營區前。

「請問是野夏旋嗎？」

攝影機團團包圍住他，記者們連珠炮似地提問。

他嚇了一跳，滿臉不安，沒有回答任何問題。

「不好意思，請讓我過去。」

他說，騎著沾滿泥巴髒兮兮的越野機車進入消防廳的帳篷了。

自從櫻島作戰以後，一年之間，進行了超過三十次以上以野夏旋為核心的普尼殲滅計畫。

從殲滅東京和大阪地下的普尼，到守護山林環境的行動，以及拯救農地等等。由於他的活躍，數百萬的普尼被焚燬了。

第一次的櫻島作戰雖然把我找去，但後來就再也沒有叫我了。應該是認為利用野夏旋的作戰計畫不需要我吧。當然，他也沒有私下連絡我。

在甲府登場後，野夏旋開始慢慢地現身記者會當中。

他會把帽簷壓得極低，戴著墨鏡，文靜地回答問題。

記者問他為什麼一直沒有現身媒體前，他說：「因為長相曝光，壞處大於好處。」

對於民眾視他為英雄，他說：「全體國民都在以各種形式驅除普尼，我也是其中之一，只是這樣而已。」

他總是說些理所當然的話。

「我想要拯救遭到普尼破壞的地區。」、「我只能做我做得到的事，但只要是我做得到的事，我會不惜餘力。」

網路上不斷地出現批評他的人，聲勢宛如烈火燎原。

我要談談兒島。

在我二十歲那一年，兒島結婚了。

對象是一般民眾。

我參加了他的婚禮。鳥居隊長這些以前的隊友也都出席了。

女方比兒島大一歲，是以前兒島在普尼災區的民宅中救出來的人。女方似乎愛上了兒島，打電話到消防廳，毫不保留地表達愛慕之情。雖然只是隱隱約約（真的只是隱隱約約），但新娘子的長相和氣質與小佳有點像。

我穿上套裝前往婚宴會場，把紅包交給禮金櫃台，和平常也會見面的同期同事，還有懷念的二中老同學聊天，吃著伊勢龍蝦。

也因為在第二攤喝醉了，我對新娘那邊的賓客說了失禮的話（我記不太清楚了，所以就不詳細交代了，但不是什麼嚴重的事），覺得尷尬而離開了。

我走在夜晚昏暗的路上，忽然想到「啊，兒島結婚了」，鼻頭一酸，眼眶溼了。我覺得這應該是一種喜極而泣，就類似目睹了巨大的成就那樣，但自己也不是很清楚。

應該是上高中以後吧，我們不再去綜合運動公園跑步了。覺得身體發癢時（有慢跑習慣的人應該都懂，身體會渴望跑步），我偶爾會一大清早跑去公園，但再也沒有看到兒島了。這種時候，我會想起兒島說的「不過，有時候默默地跑也滿不賴的」，一個人跑。

那時候我們接到人事命令，不再隸屬同一隊，我和兒島都離開故鄉，分別派駐在町田和川崎。町田和川崎就在隔壁，距離不遠，但一年只會在一些集會上見面一兩次而已。我們升了一點官，成為各自單位的班長。

擅長社交的人，如果想和某人維持交流，就能很自然地將交流活動排進日常行程當中。但我沒辦法這麼靈巧。我總是被動的，即使是感情很好的人，也不會主動去約別人。就連簡訊也是，如果沒事，我不知道有什麼好寫的。

婚姻是怎麼一回事呢？我從來不曾想過要和兒島結婚，也無法想像自己成為主婦、妻子或人母的樣子，但如果要跟誰結婚，我希望那個人是兒島。

事情發生在兒島結婚後，過了約四個月的十一月。當時我人在電車上。

我正在用手機看新聞。新聞提到，預定在銚子興建的次元傳送砲透過公開徵名，決定命名為「晴天」。

畫面突然切換成郵件程式。打開一看，是關東普尼應變聯盟傳來的。

信上說「野夏旋在山形遭人狙擊」。

我嚥了口唾沫。

『**立刻趕往現場待命。**』

叫現在在町田市服勤的我前往山形的現場？

從來沒有這樣的前例。看來事情非同小可。

我急忙在下一站下車。

用平板搜尋，前往山形的新幹線全部停駛。

我打電話給上司，上司說會用直升機載我過去。

出了什麼事？

當下有許多不清楚的地方，若加上事後查明的事實，當時的情況是這樣的：

已經是第五十三次的野夏旋普尼殲滅作戰，是將酒田市及周邊農地與山林原野的普尼移動至酒田市的火力發電廠燒燬。

據說焚燒普尼，可以轉化為一些電力。這是第一次嘗試。

野夏旋人在當時以封鎖線圍起的營區內，站在吉普車上。

周圍聚集了包括媒體在內，超過一千名以上看熱鬧的民眾。

據說野夏旋一現身，群眾便發出聲援。

這時突如其來一道槍聲，野夏旋倒在吉普車車頂。

一片喧鬧之中，和他一起來的町長和警察官立刻奔向他。

據目擊者說，當時數秒之間，出現一種彷彿空氣凝滯、無法形容的「停頓」。

緊接著下一秒，有什麼東西炸開來了。普尼形成的牆壁覆住了野夏旋所在的吉普車，就像要保護他。

原本在道路移動的普尼群彷彿雪崩一般，湧向野夏旋所在的位置，吞沒了在場的上千人，形成了一座巨蛋。

野夏旋為何會遭人槍擊？

所謂的「野夏旋陰謀論」以網路為中心，蔓延在論壇、知識分享平台、個人部落格等等，執拗而且根深柢固。應該有為數龐大的人囫圇吞棗地相信這套說法。

這些陰謀論認為，「野夏旋暗戀的對象死在他第一次移動普尼所引發的事故中，但其實當時她正在和男友約會。那並不是一場無心之過，野夏旋是因為嫉妒而故意殺害她的」、或是「野夏是自己引發局部性普尼災害，享受適度的殺人快感後（殺死他不中意的對象），再於恰當的時機登場，平息普尼災害。他的活躍事蹟裡面，有許多顯然都是自導自演。他是間接殺死數萬人的屠殺者」。

此外，也不斷地有人提出——「在一開始就殺死六十個人的傢伙，憑什麼被當成英雄，而沒有受到制裁？」這樣的質疑。

雖然有許多理智的反駁，但不知為何，有部分的人就是無法跳脫「野夏旋是假裝成英雄的惡棍」的思考，或是說像是不想擺脫這樣的想法。

我抵達的時候，那裡已經變得宛如局部性普尼災區，化成一片雪白了。

普尼堆得厚厚的，高達民宅二樓。

我立刻進入帳篷林立的營區。營區設在小學操場。

校舍後方並排著上百具蓋上塑膠布的屍體。

許多人走來走去。穿防護衣的一般民眾、穿迷彩服的自衛隊、掛著證件貌似市政府公務員的人、災民、貌似醫療人員的人。

要找誰才好？我晃來晃去尋找負責人，這時穿工作服的中年男子用擴音器呼喊：

「我是關東普尼災害應變中心的後藤，現場有沒有受過訓練的A耐受性的人？有的話請回應。」

普尼災害應變組織其實並未統一。不光是消防廳底下的組織，自衛隊和警察現在也有自己的專門小組，各地方政府也有類似青年團的非常任組織。還有民間的「清除業者」。一旦發生災害，公家機關會通力合作，因此即使隸屬於不同的組織，還是會接到出動要求。

我舉起手來：

「我是町田市普尼應變派來的相川，我是A耐受性。」

「啊，那個超過400的。」後藤點點頭。「妳已經到了啊，我聽說過妳的事。」似乎已經接到通知了。

我接到的任務是「救出受傷的野夏旋」。說無人機已經確定他就在巨蛋狀普尼裡面。

「事態緊急，十萬火急。」後藤說。

我穿上防護衣，戴上面罩，拿著裝進套子裡的無線電，踏進普尼海之中。

一眨眼普尼就埋到腰部了。

和積雪不一樣，普尼是活的，因此隔著防護衣，可以一清二楚地感覺到蠕動爬行的觸感。

數百公尺前方處，可以看到約體育館大小的普尼巨蛋。

舉步維艱。

不一會兒，我聽見暴風雪的呼嘯聲。

是幻聽。

繼續前進。

浸泡在普尼裡的下半身撞到東西。

這種普尼海的黏度有差。稀薄的地方是黏答答的液狀，然後會變成泥濘狀，凝固的地方就像橡皮一樣。

撞到身體的是手。

雖然看不見，但可以從觸感分辨出來。

是人的手，有五根指頭。

它在乳白色的池子裡撫摸我的大腿後方，然後是屁股和腰。

色狼！我伸手想要撥開。

我在白色的泥濘中摸索著，手腕突然被一把扯住，被拖進了普尼海裡。

感覺就像一片漂浮著上百具人屍、彼此碰撞、融合的屍海。

四下變成一片雪白。

我大口喘氣，再次鑽出白色的地表。
眼淚都滲出來了。
這是什麼？
有機湯？
我想起很久很久以前，曾經在科學書籍上讀到——
「遠古的地球是一片有機物的湯，生命就在其中因化學變化而誕生（或是有微生物從外太空飛來）」。
然後那片有機湯發展成現在的生物界。
然而經過數十億年的光陰，在某個時間點，有什麼死去了。
關鍵的、核心的、類似心臟的東西死去了。
人類渾然未覺。因為人類只是細枝末節，無從得知核心的狀態。
然而從這一刻開始，生物界便開始緩慢地崩解，逐漸回歸原初的狀態。
現在正在發生的事，是不是就是這麼一回事？
生物界早就已經死了，現在發生的一切，就和屍體腐化一樣，是不可逆的進程，是不是？

回過神時，我已經身在巨蛋當中。
面罩不知道掉到哪裡去了。
那是一個有光從小窗射進來的空間，野夏旋就在牆壁角落。
也許是他引導我過來的。
我沒辦法用走的，四肢跪地爬到野夏旋那裡。
「野夏。」
我說。
「好久不見了。我是四年前在國中跟你說過話的相川，你還記得我嗎？」
野夏沒有回答。
仔細一看，他的背部和腳幾乎有一半都和普尼同化了。
眼睛也閉著。
腹部有黑色的傷口，上面也覆蓋著半透明的黏膜。
「野夏？你還活著嗎？」
「等一下。」
氣若游絲的聲音響起，我靜靜地等著。
很安靜。

半晌之後，聲音再次響起：

「什麼？」

聲音這次很清楚。

「你還好嗎？醫生在營區等你，我送你過去。」

「不行。」聲音很小。「控制就要崩潰了，我現在勉強在撐著。」

如果突然放掉韁繩，數百萬噸規模的普尼會暴衝肆虐，蹂躪街道，汽車、瓦斯罐爆炸一定會引發火災。

萬一普尼化成烈焰的怪物就糟了。甚至有可能從酒田往新潟擴散。

雖然這件事與野夏無關，但去年發生過相同的大災難，著火的普尼群四處奔竄，燒掉了大阪三分之二的面積。我還記得比大樓還要巨大的團狀物冒出滾滾黑煙與橘色火焰，在馬路上翻滾前進，最後被並排在名神高速公路上的戰車隊同時炮擊粉碎的畫面。

「你不會昏過去嗎？」

「不會。」野夏說。

「可是至少移動到安全的地方——」

「不能保證營區比這裡安全。」

確實如此。暗殺者和同夥都還沒有逮到。也許刺客就躲在營區裡，而且說不定一走出巨蛋的瞬間又會遭到槍擊。

那麼，我該怎麼做才好？

「我要待在這裡。妳趕快回去轉達我的話。我會盡量爭取時間，叫酒田市裡的人、在普尼群旁邊的人都快逃。」

「你說盡量是多久？」

我問。

野夏旋疲憊地說：

「不會太久。」

白牆包圍了野夏旋。野夏旋被普尼牆吞沒了。

他已經沒有什麼要交代的了吧。

普尼巨蛋緩緩地崩塌。

我站在白色的海上。

腳下有硬物，撐著我不致於沉沒。

我掏出無線電，將對話內容報告上去。

野夏旋拒絕被送到營區。他即將失去對普尼的控制力。

該說的都說了，但應該來不及。

各個地方的白色小山會突然失控肆虐——會死上多少人？一千人？五千人？一萬人？

這片白色的海也會開始移動。

我從十三歲起便目睹過太多的局部性普尼災區——雖然乍看之下宛如一片白色的雪景，但那無疑是活生生的地獄圖。

我大聲朝著白色的海大喊：

「你覺得我做得到嗎？」

沒有回應。

沒有回應，但我覺得好像有人對我說「妳可以的」。

耐受性500的青年吃下普尼，卻又奇蹟似地復活，得到了操縱普尼的能力。那麼耐受性470的我也——這樣想會太莽撞嗎？在動物實驗中，已經發現相較於抵抗值低的個體，抵抗值高的個體不會普尼化，但從來沒有動物透過攝取普尼而得到操縱能力。

為數眾多的人吃下普尼而死去，但因此得到操縱能力的，官方上只有野夏一個人。

我扯下一把普尼。定睛細看，覺得好像太多了。太多有點可怕，分成一半，再一半。

在野夏和我的眼中，「未知體」都一樣是蔚藍的星星。他應該在各地的現場看過許多A耐受性的人才，卻在其中選擇了「相川聖子」表明身分。

根據就只有這樣，微乎其微。
但我卻不知為何，覺得自己做得到。
我把普尼放進口中。

普尼溜過喉嚨。
味道好怪。
有說法說普尼吃起來是「慈愛的味道」，根本就不是好嗎！
嘔噁！

我一下就頭暈目眩起來。
結果最後一刻，還是要看運氣，或是偶然呢。
我會死掉嗎？
即使就這樣死掉，或許也不壞。
我這麼想。
我進入普尼應變組織工作，經歷到不同於封閉校園的環境。
從十三歲起就賺進不少薪水，想要的東西都買到了。

也看到好友兒島結婚成家了。
可以算很不賴了。
其實我還滿幸運的。
雖然小佳和爸爸都死了，但弟弟和媽媽都很健康。
全身搔癢起來。
四下光線逐漸變得昏暗。
如果賭輸了，我就是白死了。
啊，我還是、我還是不想死啊！

第三章

乘著狗橇的魔法師

1

晚秋的風吹拂著。

鈴上誠一在中央廣場站下了電車，走進馬隆的烘焙坊。

「咦，誠一。你的表情怎麼這麼凝重？」

「馬隆，請給我咖啡和蒙布朗。」

「當季甜點呢。剛好進了很不錯的栗子喔——其實是我在公園撿的。」

屋內很溫暖。誠一坐到暖爐前。好像只有他一個客人。

「我是來請教你的意見的。」

「請說。」

「其實前陣子，有個奇怪的人來我家找我，說他是從地球來的。」

既然都到了這節骨眼，誠一決定全盤托出。

誠一依序說明。信箱收到信件、從地球次元傳送過來的中月、中月說的地球上的普尼、自己和核心的關係。但是坐在這裡說著這些，他總覺得如坐針氈，就好像在描述電影情節似的。如果他是馬隆，或許會露出苦笑，不當一回事地評論：是啊，每個人想法不同嘛。

馬隆默默聆聽著。

「他這個人怎麼說，很不一般，有種和魔物一樣的感覺。」

「那個叫中月的人現在在呢？」

「他……」

誠一沉默了。

他說不出「我一槍斃了他」。

「不知道去哪裡了。」

他撒了謊。

「那不重要，對於他說的內容，你有什麼看法？他說這個世界就像是我的夢。我不認為他說的全都是真的，但是他對常識的觀點，我覺得和許久以前的我是一樣的。也就是說，我覺得他說的並不全是一派胡言，而是有幾分正確，是這種感覺。」

「真難呢。」馬隆說，坐到椅子上喝咖啡。

「首先，我想分成幾個部分來談。我是存在的。我不是你的夢。我不是只有你出現在這裡的時候才會出現，你不在的時候，我也確實存在於這裡。希望你相信這一點。」

鈴上誠一點了點頭。

誠一當然也這麼認為。確實，馬隆看起來完全活在他自己的時間裡，具備獨立的思考與知性。

「然後，我只知道大祭郡這一帶。因為我沒有學識素養，或者說，蕎麥麵店的老闆、魚店的老闆他們，應該也不清楚太多的事吧？我們擁有的只有當下，而非歷史。這個世界很遼闊，我覺得大海另一頭和山的另一頭也有世界，是魔女和更多更大的魔法層層疊疊、交互作用形成的。雖然有太多我不瞭解的事，但我只覺得『太難了我不懂，反正應該很複雜吧』，幾乎是不多加思考地過日子。」

鈴上誠一嘆了一口氣。

馬隆說：

「不過我認為那個人說的話整體來看應該不是假的。有另一塊大地與這個世界緊密相關，那裡正瀕臨危機，這也不是不可能的事，而且我總覺得說穿了，我們就像是那塊大地的思維上層的產物。若說你是從底下的大地來的，我覺得或許就是如此。如果用影子和實體的關係來比喻，我們就像是地上世界的影子吧。大概。」

「誰會知道詳情呢？我想要確定。」

「不知道。」馬隆說。

誠一忽然想到一件事。

即使真的有人知道事實，自己又怎麼知道他說的是對的？

2

從鯨魚海岸站的月台可以瞭望港鎮和另一頭的大海。

走出車站，是通往海邊的直線寬闊坡道。

坡道兩旁並排著海產店。

和馬隆交談後的第十天，誠一走在這條路上。

他是來發傳單的。

大祭郡魔物應變會議即將召開！

因應魔物來襲，我將要舉辦一場會議，研討應變之道。歡迎有志之士踴躍參加。

主辦人：鈴上誠一　時間：十二月十日　地點：中央廣場公民館

他在中央廣場站的森本銀行後面的印刷店印了這些傳單。

傳單已經發給中央廣場他熟悉的各個店家。每家店都欣然同意讓他張貼在牆上，銀行和一些地方還讓他放在門口旁邊，供客人自由取閱。

誠一從車站前到海邊，拜訪每一家店鋪。

如果中月說的是真的，那麼地上一定很快就會想出「下一招」。而那不一定會是像這次這樣的「和平談判」。

該發的店家都發完後，誠一走到沙灘。

海邊沒有人。昆布被打上岸邊。

誠一瞇眼望向水平線。雖然是冬季的大海，但雲間射出的陽光，讓部分海面的色澤呈現明亮的水藍色。打上岸邊的波浪是透明的，可以看見藍色的海星。

就在這時——

有東西從水平線另一頭飛了過來。

起初是黑色的影子，沒多久便看出是騰空而來的狗橇。

五隻長毛的白色大狗拉著橇。

橇上坐著一名年輕男子，穿著很普通的黃色羽絨外套，頭上戴著毛線帽。

飛天狗橇在海邊著地了。

年輕人下了狗橇，將狗橇繫在沙灘入口處的木樁上，走進一家店。

店外的廣告旗幟寫著「網烤蠑螺、鮑魚、牡蠣」。

誠一追上去似地進入店裡。

店內生意清閒。

貌似老闆的圍裙男人和剛才的年輕人站在窗邊說話。

年輕人好像是來買海產的。

乘狗橇的年輕人吃了上面放牡蠣的烤飯糰，遞出紙鈔，從老闆手中拿了一袋鮑魚，走出店外。

誠一追上離開店裡的年輕人。

「不好意思。」

年輕人轉頭看誠一。

「請參考，這是我自己印的。」

誠一遞出傳單。

年輕人望向傳單，接著抬頭目不轉睛地盯著他看：
「你是鈴上先生？」
「是的。」
誠一應道。傳單上就寫著主辦人鈴上誠一的名字。
「你是……魔法師對吧？」誠一問。
年輕人乘坐會飛的狗橇而來。既然能操縱這種東西，絕對不是泛泛之輩。他想知道魔法師這一類的人如何解釋來襲的魔物。
「哦，唔，算是魔法師嗎？我就是我。」年輕人說。「我一直很想見你。我一直覺得你應該就在這個世界的某個角落，現在終於見到你了，真令人高興。」
「喔……呃，你認識我？」
「對，當然了。我叫野夏旋。」
「是……你好。」
「我是從地上來到這個思維的異界的。」野夏旋說。
「咦？」
這天兩人在沙灘上聊了一會兒。兩人都想再好好深談，約好改日再會。

這是誠一第二次遇到從地上來的人。不過野夏旋和中月活連截然不同。

中月活連從外貌就異於一般，而且散發出和魔物一樣的氣息，他否定這個世界，暗示可怕的要求。相對地，野夏旋看起來很從容、自然，不管是外貌還是氣質，都與誠一認識的大祭郡的居民沒有任何不同，融入其中。或許是因為對他印象很好的關係，雖然同樣都是從地上來的，但有別於中月那時候，誠一對野夏有種異地遇老鄉之感。

幾天後，兩人約在中央廣場站碰面。

誠一坐在長椅等著，狗橇從天而降，停在廣場。

誠一舉手致意走過去，野夏旋走下狗橇寒暄：「你好。」

「很冷呢。」

「對啊，很冷呢。」

野夏旋是從天上飛來的，肯定更冷。

「找家店坐坐嗎？」

「好的，就這麼做吧。」

兩人進入馬隆的烘焙坊。

「馬隆，我帶魔法師來了。」

「歡迎光臨。」馬隆說。

兩人隔桌對坐下來。

「那麼，延續上次的話題……」

誠一說出來自地球的信，還有中月活連的事。

野夏旋興味盎然地聆聽誠一的話。

「這些都是事實嗎？」

誠一問，野夏旋點點頭：

「是真的。就像那些信還有那個人說的，自從一一九以來，地球遭到普尼侵蝕，人類和所有的生物都步上衰退。情勢非常嚴重，但我離開時，日本還在，百貨公司也還在營業，電車照常跑，飛機也還在飛。全世界沒有一個人不知道鈴上誠一的名字。大家都說，你就在核心旁邊，是消滅『未知體』的關鍵。不過，我非常驚訝的是，那個中月是政府派來的談判人員對吧？」

「是的，他這樣宣稱，但你不知道嗎？」

「我離開地上時，政府對『未知體』的最新接觸進度，是『送信給鈴上誠一』。日本還沒有聽說要送人過來的計畫。我好像聽說瑞典之類的地方實驗成功了，但還沒有達到應用階段。我也記得銚子正在建設次元傳送砲，但也才剛開工而已。」

「野夏，你到底是什麼時候過來這裡的？」

「我來到這裡，今年已經三年半了。當然我說的三年半，是這裡的時間，地上的時間應該更久。」

「時間嗎？」信上似乎提到過，兩邊的時間流速不同。

「這裡經過一天，地上會經過多久？」

「比例好像不一定。根據地上的觀測，思維的異界的二十四小時，有時候是地上的三十小時，但有時候長達兩百個小時。」

有時候這裡經過一天，地上便過了將近十天，也有幾乎相等的時候。但是在這裡普通地過著日子，並沒有時間特別緩慢的感覺。

「沒有真實感呢。」

「待在裡面會是這樣呢。」

「野夏，你是怎麼過來這裡的？中月是呃……用次元傳送砲什麼的過來的，你的方法跟他不一樣嗎？」

誠一問。

「不一樣。」野夏旋說。「而且我不是身處次元傳送砲完成時代的人。我和那些身負重任而來的人不同。我……怎麼說，是由於命運的安排，一個人升上這裡的。」

「有這種事？」

「其實我在地上已經死了。我的肚子挨了一槍。」

「那，你是死後來到這裡的？」

「對。」

「是誰殺了你？」

「唔，討厭我的人吧。不知道是誰。」

他說得彷彿是誰殺害他，不是他現在關心的問題一樣。地上果然一片混亂，誠一想。

「不過，不是每一個死掉的人都會來到這裡吧？」

「應該只有一小部分——不，應該是一小部分當中的極小部分吧。」

「會自然來到這裡的人，有什麼特別之處嗎？」

「我想應該是相容性的問題。我在地上的時候，和普尼相容性很高。我認為對普尼的耐受性，就是與『未知體』的相容性，相容性特別高的人，死後自然就會升上這裡，或是『未知體』把我們從地上吸到這裡。我在地上的時候，也曾透過夢境而知道這個世界。」

說到這裡，野夏旋沉默了。

馬隆端來咖啡。兩人喝了咖啡。

「如果這裡是天選之人死後前往的樂園……」誠一喃喃道。「那真的是天國降臨了。然後，即使地上毀滅了，這裡仍然會留下來。」

「是嗎？」野夏旋表情沉鬱地說。「我反倒認為自己可能是被『未知體』給吃掉了——做為思維的養分。」

巨大的怪物從外太空前來。一些人受到攻擊被排斥，一些人被吐出去，但相容性特別高的人，就會被送進胃袋裡。

「咦？被吃掉？你是這樣解釋的嗎？」鈴上誠一開朗地笑了，但笑聲聽起來有點乾。

「意思是我們正在被消化？」

野夏旋的表情依舊陰沉。

「是的。但你也不能否定這個可能性吧？因為我們身在太空水母的『體內』啊。如果說有機物是藉由攝取有機物來維持自我，那麼推測思維世界是藉由攝取思維來維持自我，也是很順理成章的事。人的思維就是這種生物的必須營養素，這也是有可能的事。」

「唔……」誠一沉吟。「假設我們是被吃掉好了，我覺得在地球上也是一樣的，喏，人死後會回歸塵土，結果總有一天也會被分解。若說一樣，不是一樣的嗎？」

「確實如此。」野夏旋點點頭。

「在這裡煩惱也沒用。與其往陰暗的方向解釋，庸人自擾，你是魔法師，如果不好好享受人生，豈不是虧大了嗎？」

「嗯。所以我才會在天空飛來飛去。」野夏旋露出疲累的笑。

「不好意思，我很無知，除了大祭郡以外，果然還有其他的世界嗎？」

「有的。我是在近兩千公里外的西方小鎮學習飛行術，然後以中央這裡為目標，一路旅行而來。我每天都飛越海面，在島上休息。從實際感覺來看，這個世界比地球還要遼闊。不過這裡是思維的世界，現實的距離或許沒有意義，不過旅行途中，我也遇到零星的小鎮和村莊。但是這裡沒有國家的概念，應該也沒有歷史基礎。有許多從常識來看根本不可能的事物，雖然就像幻覺，卻具有深度。就我的感覺來看，這是個無法捉摸的深遠世界。」

「太驚人了。」

誠一和野夏旋聊了一陣子旅途上的見聞。誠一聽著聽著，漸漸覺得野夏旋果然是自己的同志。

「地上是個討厭的地方，對吧？」

誠一試探地問。

「是啊。」

「這邊的世界比較美好，對吧？」

「沒錯，這一點我不得不承認。即使是一杯咖啡，也比地上美味太多了。」野夏旋啜飲了一口咖啡。「這滋味就如同我心中對咖啡的想像的結晶。」

「你的比喻真有趣。我和前些日子的怪人談判破裂了，所以地上可能還會繼續派敵人過來。關於這件事，你有什麼看法？」

誠一用下巴努努放在桌角的他印製的傳單說。

「這會議就是為了因應那種狀況而舉辦的呢。地上一定會繼續派人來吧，既然次元傳送砲已經完成的話。」野夏旋說。

「會是個威脅對吧？或者還好？」

「一直以來，對於原本做不到的種種事情，人類總是加速度地實現，如果與人類為敵，絕對不容輕忽大意。」

說到這裡，野夏旋換了個話題：

「鈴上先生，你要不要在天空飛飛看？」

3

狗橇從中央廣場站後面起飛了。

低頭俯望，大祭鐵道的軌道南北延伸。

望向盡頭之丘，丘陵在太陽照耀下閃閃發亮。

海角、山丘、大海。燈塔、森林。精心維護的大公園、零星散布的美麗住宅區。

誠一在野夏旋身邊發出歡呼。

風好強，光也好刺眼。

「這就是聖誕老人看到的風景！」

「哈哈。」野夏輕笑。「小時候我很嚮往，覺得聖誕老人好逍遙，希望自己也能變成那樣。在隆冬飛過雪中的市區時，真的感覺就像變成了聖誕老人。」

「野夏，你住在哪裡？」

「我有兩個住處，一個是大森林深處的岩山頂峰城堡，另一個是離島的祕密基地。」

這也很有魔法師的風格。

「我應該是在潛意識當中害怕別人吧。『我要制裁你』、『我要判你死刑』、『我要殺了你』——我生前一直處在這樣的威脅當中，躲躲藏藏，最後被暗殺而死。」

「放心吧，這裡沒有那種人。」

「是啊。雖然我也明白啦。」

狗橇飛過編隊飛行的鳥群。

「那種人存在於地上就夠了。」誠一苦澀地說。

狗橇飛過雞山。誠一目不轉睛地看著雞山再過去的大地。

無名的岩地、森林、溼地、丘陵、廢屋，蜿蜒的河川。是未經破壞的大自然。

大祭郡的外面確實還有世界。無垠的世界。

「好美。」

誠一說。

「還有更多更多的人、應該連現在生活在地上的人們的思維，也都反映在這裡了。從各種意義來說，這個世界確實是至寶。」

狗橇不斷地提升高度。

冰冷的風拂過臉頰。

「我不會破壞核心。」

誠一宣言。

「我要對抗魔物，保護這個世界。」

你呢？誠一對著青年的側臉問，但野夏旋也許是忙著操縱狗橇，沒有回答。

第四章 衝鋒者

1

自從相川聖子接手野夏旋的任務的那場山形災難後，四年過去了。

這四年之間，「未知體」出現所造成的生態系毀滅及社會崩壞引發的混亂依舊持續。

日本為了支援因普尼災害而受到重創的地方農民，並及早在世界性饑荒中提高糧食自給率，打出了務農支援政策。此外，各地出現了以圓頂包覆農地或住宅區的圓頂都市。圓頂都市裡的房價一飛沖天。

中國發生大規模內戰，非洲的戰亂愈演愈烈。

印度分裂為南北，馬達加斯加島徹底被普尼淹沒，成為無人島，狐猴等稀有的動植物都滅絕了。

全世界出現了幾個能操縱普尼的普尼操縱者（這些有辦法操縱普尼的人，後來人們一般稱其為普尼操縱者）。

除了民間清除業者以外的普尼應變組織，全部統一為國家新成立的機關「普尼災害應變所」。

同時，這四年之間，科技也有了飛躍性的突破。

也就是超越次元的技術。世界各地開發出次元傳送砲，日本也在銚子完成了次元傳送砲「晴天」。

透過這項技術，首先是機械，接著是動物，最後是人（主要是軍人），開始被送入「思維的異界」。他們被稱為「衝鋒者」。

2

九月第三週。

七歲的大鹿理劍坐在一年三班的教室上數學課。

他穿著短袖制服。都已經九月了，最高氣溫卻一直維持在三十度以上，每天都燠熱無比。

唐突地，校內廣播響了起來：『**本地發生局部性普尼災害，請全校同學點名後，立刻前**

往體育館避難。』

廣播重複了三次。

「好了，各位同學，要冷靜行動喔。」女導師放下粉筆。「三個不可以：不可以推擠、不可以奔跑、不可以聊天，懂嗎？」

一名學生跑到窗邊，大喊：「啊！燒起來了！」幾個人跟著跑近窗戶。

從三樓窗戶可以看見遠方住宅區升起濃濃黑煙，還看得見一點橘紅色的火舌。

自從普尼出現以後，今年已經邁入第十一年，幾乎所有的小孩都知道普尼災害。在幼稚園裡，理劍在學到怎麼過斑馬線的同時，也學到了「就算看到白色軟軟的東西，也絕對不可以摸！要立刻通知大人」。

現在每一所學校都備有普尼災害應變手冊。理劍讀的小學為了預防火災發生的情況，會把全校學生集合到體育館，等家長來接。

聚集了全校學生的體育館悶熱得要命，一片鬧哄哄。

理劍和同學們聚在一處坐著，但女導師不知道跑去哪裡了，把學生丟在這裡，沒有任何指示。

有高年級生在吵架，也有人在哭。

同班同學，也是同一所公寓鄰居的宮田真優對理劍說：

「欸，是不是回家比較好啊？」

理劍和真優都一起上下學。

「咦？」理劍囁嚅說。「要問老師才可以。」

理劍尋找導師。

體育館裡人聲鼎沸。六年級生無聊地互丟籃球，也有不少學生被家長和年長的兄姊帶回家了。有學生被擔架抬走，有老師昏倒躺在地上，有男老師把手機按在耳邊講電話，不停地在門口進進出出。

每個大人都很忙，無暇理會他們。

理劍和真優站了起來。

「老師。」他們走近剛好看到的導師以外的教師，但他在講手機，用手勢制止表示「等一下」，但接下來就沒理他們了。

「我要回家了。我媽他們今天要上班，應該不會來接我。」

真優往門口走去。

「啊，那我也要回去。」理劍也跟上去。

「可是，如果有大人叫我們留下來，還是乖乖聽話吧。」理劍這麼想，但沒有任何人注意到他們，也沒有人挽留。

一走出體育館，喧囂立刻消失，感覺就是個平常的日子，只有陽光特別毒辣而已。

「熱死了！啊，回家以後，玩那個好了。」

「那個是什麼？」

真優說，爸媽買了任天堂的新款遊戲機給她，她回家以後要玩，所以才想早點回家。

「好好喔，我也想玩。」

「那你來我家呀。」

「欸，萬一在路上遇到普尼怎麼辦？」理劍問。

「不要靠近也不要摸就沒事了。」真優說。「聽說普尼不會攻擊人——不太有這種事的樣子。」

最後那句「不太有這種事的樣子」，留下了好像有點可怕的印象。

如今，日本各地都有普尼出沒，但板橋區內因為區民一看到普尼就會立刻驅除，因此理劍的日常行動範圍內幾乎看不到普尼。

真優仰望天空：

「不能看的那東西，你看起來像什麼？」

「藍色的星星。」理劍說出眼中所見。「可是如果一直看，眼睛會爛掉，會發瘋喔。聽說如果它不見了，普尼也會跟著不見。」

離家的路程有一公里左右。

突然間，一道聽起來像「咚！」或「砰！」的巨響傳來。是爆炸聲，但有一段距離。

走到肉店旁邊時，騎自行車的大嬸問他們：「你們沒事吧？」真優說：「沒事，我們要回家。」

「要小心喔。你們知道有警報吧？」

「知道。」

真優說，沒有半點擅自溜出學校的心虛模樣。

「我們就快到家了。」

「要小心喔。」

大嬸離開了。

普尼災害發生時，很難決定要怎麼做。經常是警報響起，但狀況立刻解除，什麼事都沒有發生，也有近似誤報的警報。不過也有毫無異狀的平靜地區，短短十分鐘後便被普尼淹沒。普尼災害不是平均發生在每一個地方，而且普尼會移動，因此沒有人知道哪裡才是安全的。

大嬸離開後，兩人才剛彎過轉角，便看見巨大的白色塊狀物堵住了整條馬路，蠢蠢欲動著。

「那邊！」真優大喊。

他們第一次看到普尼。與街景異樣地格格不入，就彷彿一坨白色的顏料掉在風景畫上一樣，突兀極了。

兩者相距還有幾十公尺遠，普尼也沒有要往這裡移動的樣子。

「這條路不能走了！」

兩人決定繞路。

來到雙向二車道的國道時，理劍驚叫起來。

數百公尺前方的馬路上，冒出了一堵巨大的牆壁。

是巍峨矗立的普尼，足足有幾十公尺高，頂部正熊熊燃燒著。

就彷彿參考了積雨雲外形設計出來的大怪獸。

兩人都沒料到居然會在路上遇到怪獸。理劍（還有真優）都以為頂多只是在上下學路上出現一些危險的白色地點，絲毫沒想到會遭遇到可能毀滅整座城市的大災難。

雙腳發抖。

——萬一它撲過來就死定了。

根本無處可躲。

當然，不光是他們，學校體育館裡的學生也將無一倖免。

真優似乎也嚇破了膽，感覺得到她和理劍握在一起的手正在發抖。

這時，發出警笛聲的消防車經過兩人旁邊，跟在後面的普尼災害應變所的特殊黏菌作業車停了下來。

TOMICA玩具車的商品裡面也有特殊黏菌作業車。這是理劍第一次看到真的作業車。

特殊黏菌作業車的前門打開，一個大姊姊走下車來。

大姊姊穿著普尼應變所的橘色制服，戴著藍色的墨鏡。

「小朋友，你們也看到了，很危險，上車吧～我送你們去避難～」

大姊姊對理劍和真優說。

她看著跑過去的理劍，驚呼：

「噢！哇，真是個奇才！」

理劍不知道「奇才」是什麼意思，不過他知道這個普尼應變所的大姊姊從自己身上感應到什麼了。他覺得那應該是有時候母親會對他說的非凡資質，但他還無法明確地描述。

理劍和真優上了車。

車子裡有同樣穿橘色制服、戴面罩的司機，以及一樣戴面罩的另一個隊員。他們立刻將兒童面罩拿給兩人。

「剛才那個姊姊沒有戴面罩，沒關係嗎？」

司機語氣悠哉地說：「啊？你說隊長嗎？隊長不需要。」

接下來大概過了五分鐘吧。理劍整個人被車子裡的各種儀器給迷住了。數位普尼空氣濃度計測器，濃度值為11。副駕駛座有顯示市街地圖、火災及普尼前進方向的特殊導航螢幕。

隊員透過無線電在交談。

「是，仲町十字路口。這裡再過幾分鐘就可以解除狀況。」

這是理劍生平第一次坐上真正的特殊黏菌作業車。

車門打開來，剛才的女隊長上了車。還是沒戴面罩。

「太郎，大概都移開了，前進吧！」

女隊長下達指示。

「好～」名叫太郎的司機拖長了尾音回應。

前進？可是那裡有高聳入雲的普尼怪獸……理劍往外看，發現應該堵住馬路的上千噸級的普尼居然消失不見了。

移開了？在這短短幾分鐘內？移去哪裡了？怎麼辦到的？

移去哪裡了？後來他得知是移到了附近的田徑場。怎麼辦到的？是普尼操縱者讓普尼壓縮移動了。

車子不斷地往前進。

「欸，小朋友，我們還得去附近處理大概兩件狀況，可以嗎？」

當然沒問題。

接著，車子載著兩名小學生，前往數個現場。

車子停下來後，除了叫太郎的司機以外的人都下了車，約十分鐘就回來了。

太郎在等待的期間，打電話去理劍的小學。

「是，目前在現場，我們救了兩個小學生，一男一女，在車子上。」

車子回到小學校園，兩人被交給跑過來的老師。

「拜拜。」

臨別之際，女隊長對理劍說：

「不過，或許將來我們還會再碰面喔？」

真優一臉不解地看向理劍。

因為她不懂為什麼女隊長會對理劍這麼說。

幾天後，理劍得知當時因為剛好人在都廳附近的知名普尼操縱者——代號ＳＥＩＫＯ出動，災害才能以驚人的速度解除危機。報導說，這場災害中有二十二人罹難，死傷是同等規模災害的二十分之一。

應該是從野夏旋暗殺事件當中汲取了教訓，SEIKO完全不在媒體面前露面，也不出現在公共場合，連全名都沒有公開，是個影子普尼操縱者，因此關於她真實身分的種種臆測，有時會成為人們的話題。

後來理劍確信當時遇到的女隊長一定就是SEIKO。

三年後，理劍小學四年級時，得知了自己的抵抗值高達「520」。

雖然理劍不知道，但這個數字甚至高過他遇到的SEIKO，也就是相川聖子，還有那位日本第一位普尼操縱者野夏旋。

進小學時的驗血成為義務，父母在理劍六歲的時候，就知道他這個異常的數值。

「你是個特別的孩子，或許將來會成為導正這個錯誤世界的人。」

母親凜子說。

「導正？」

「不過你必須非常小心謹慎地思考。所有的人都瘋狂了，政府、國家、人類都是。」

父親幾乎不在家。凜子對理劍說父親有了小三，住在外面，但理劍不知道什麼叫小三，也習慣父親不在家了，因此並不覺得寂寞。

父母都在家時，兩人幾乎都在吵架，罵得不堪入耳，理劍如果在場，即使是才六歲的孩子，他們也會毫不客氣地把他牽扯進去。如果父親不在，家裡比較和平，他不在是最好的。

家裡有三本「空帝的制裁」出版的日文版書籍：《覺醒》、《第七世界的預言》和《最後的希望》。

是母親凜子的藏書。

「空帝的制裁」是總部位於美國的新興宗教團體。不過他們宣稱「我們並非宗教團體，而是基於科學觀點的倫理團體」。他們的主張歸納起來即是「人類的愚蠢引來滅絕天帝降臨天空。只要世上再也沒有邪惡（環境汙染、戰爭、放任權力遭到濫用、獵捕鯨魚和海豚），天空上的天帝就會消失，地球上的普尼也會消失」。

「空帝的制裁」的教祖烏拉爾克．卡塔是普尼操縱者。他在中美殲滅普尼，立下大功，同時卻也恐嚇政府、利用普尼製造恐攻。烏拉爾克．卡塔所引發的恐攻，據傳總計害死了一萬人。

3

理劍即將從幼稚園畢業前，卡塔居住的社區與美軍爆發衝突，卡塔在戰鬥中喪生。

自從十歲時知道了「衝鋒者」的事蹟以後，這些人就一直是理劍首要的關注事物。就像小朋友會「覺醒」，迷上昆蟲、恐龍、天文學或足球、電吉他，理劍也發現了「衝鋒者」，為他們心醉、深深著迷。

一切都是從家裡的《衝鋒者．來自異界的信》這本書開始的。

衝鋒者會經過次元轉換，被傳送到「未知體」內部的「思維的異界」，這是時間的流速與地球不同的、完全未知的世界。

一旦被傳送過去，便再也無法歸來，不過可以透過特殊次元通訊機器「傳碼器」來告知地球「未知體」的內部狀況。他們無法接收來自地球的通訊。

俄國的衝鋒者伊格爾．塞繆諾夫報告說，思維的異界是「初夏的高原無限延伸的世界」，並提及「但我的身體變得極小，而且雙足消失，無法移動」。而瑞士的衝鋒者凱伊．歐林報告了「我在這裡持續著永恆的巴士之旅。這裡和地球非常相似，是個無比美好的世界，擁有和地球相同的文化，語言（瑞士語）也相通。我不斷地從一個城鎮移動到另一個城鎮。沒有一個城鎮是相同的，每次移動，都能有新的發現。但我無法脫離這場巴士之旅。即使我想要停止旅行，總是會不知不覺間又在巴士座位上醒來」。美國派出四名特殊部隊軍人進入。部隊長哈利．拜隆的報告：「這裡有人生活的城鎮，但我們變化成宛如惡魔的形貌，受到當地居民的攻擊。我們受到他們攻擊就會死亡，但他們即使被我們攻擊，一段時間以後便會完全恢復。」

理劍將全世界的衝鋒者的相關報導全部剪貼下來。就像有鐵道迷、歷史迷那樣，他是所謂的衝鋒者迷。

衝鋒者的身體會經歷無力化、弱化、魔物化，或完整不變，在異界重新建構出來，每個人看到的風景和體驗也都不同。這令人窺見思維的異界是多麼地深不可測。

剛升上國中不久的時候，有一次理劍和同班同學宇垣龍矢走在一起。

理劍和宇垣交情普通。

其實理劍討厭宇垣。

宇垣這個人總是臭著一張臉，言行舉止都很可怕。有女生經過，他就會辱罵別人的外貌，或低聲說出代表女性性器官的詞彙。理劍還看過他在放學路上突然拉扯前方小學生的書包，把人家拽倒在地上怒吼。

有一次，理劍被宇垣掐住脖子。他不記得兩人有任何過節，毫無前兆地，下課的時候宇垣突然從背後掐住他的脖子。理劍無法呼吸，差點沒死掉。有一瞬間宇垣鬆了手，理劍趁機抓住他的手，使盡全力解開了束縛。

他按著脖子嗆咳，好不容易擠出沙啞的聲音抗議，但宇垣只是陰陽怪氣地笑著。

至於理劍怎麼會跟宇垣走在一起，其實是理劍出門買東西，遇到宇垣，宇垣自己跟上來而已。

「好像有普尼應變所的人來學校找你，那是怎樣？」

理劍錯就錯在他對宇垣透露太多了。

「是來挖角我的。」

「嗄？」

理劍說出他的抵抗值超過５００，將來有可能進入普尼災害應變所工作。

「是喔？」宇垣說。「跟普尼有關的工作，打死我都不會去做。」

「是嗎？」理劍說。「比起普尼應變所，其實我更嚮往那些進入思維的異界的人。」

青少年裡面有許多人崇拜衝鋒者，如果透過話題遇到同志，雙方的友誼就會一口氣加深。

「我有很多喜歡的衝鋒者，像是凱伊．歐林。」

宇垣毫無反應。不過他明顯地很不爽。

「你別肖想了啦，你是普尼尿布人啦。」

當時的理劍還沒有理解到，高抵抗值會惹來眼紅。

據傳現在就連求職的時候，B耐受性以下的人都會被暗中扣分。因為萬一在工作期間突然暴斃就麻煩了。B耐受性以下的人當然不可能錄取機師或公車司機等工作，即使是在「未知體」出現以前錄用的人，抵抗值低的人也一個接著一個被開除，造成社會問題。

這是抵抗值歧視。高的人天生就高，低的人天生就低，毫無努力的餘地，是天生的不公平。

從隔天開始，宇垣便試圖在全班散播理劍的壞話。那傢伙因為自己抵抗值高就臭屁，是可惡的普尼尿布人，我們不要理他。

然而宇垣龍矢的煽動，並沒有讓理劍在班上受到鄙夷。

因為宇垣龍矢自己才是個討厭鬼。

這樣的煽風點火，反而造成了宇垣自己遭到排擠的結果。

約一個星期後，理劍放學回家的路上，宇垣突然冒出來說：「我有話跟你說，方便嗎？」

理劍不願示弱，跟了過去，結果被帶到無人公園裡的森林中。

那裡有兩個「學長」。

宇垣龍矢有個十六歲的哥哥湯姆（名字發音雖然是TOM，但漢字寫做「徒無」。附帶一提，宇垣家父母都是日本人），待業在家。

染金髮瘦個子的湯姆瞪著理劍。他身上飄出一股有點像男公關的香水味。

「向學長打招呼啊！」

「學長好。」理劍說，一下子退怯了。

旁邊是湯姆的朋友，一個肥胖高大的少年。後來知道他叫田原和步，是十七歲的無業少年。

「聽說你抵抗值有500？」

「對。」

宇垣的哥哥湯姆摑了理劍一巴掌。

嘎哈哈！旁邊的胖朋友大笑。

「那、那、你吃給我們看。」

「看，我們都幫你準備好了，普尼普尼大餐～」

理劍被一陣拳打腳踢後，身體被壓制在地面。

田原和步拿出裝了普尼的保鮮盒。

「吃飯時間到囉～」

「叫他們住手！」理劍哀求龍矢。

龍矢苦笑，小聲喃喃：「都怪你不好，自作自受。」

「不是我們的錯～是這傢伙自己說要吃給我們看，我們才幫他的～」湯姆搞笑地說。

「不過這傢伙有500以上，人生卻要在這裡說拜拜，多麼地可悲呀～」

宇垣的哥哥湯姆用免洗筷從保鮮盒裡夾起普尼。

「吃啊，喏，吃啊！阿龍，扳開他的嘴巴。」

凜子在公寓玄關看到回家的兒子，頓時嚇白了臉。

兒子整張臉都腫了，全身到處都是內出血的瘀傷，氣若游絲，而且臉色莫名蒼白。

誰對你做了什麼？凜子問理劍。

凜子叫了救護車。但接電話的隊員說，如果是吃了普尼，就無計可施了。雖然只是心安，但可以大量喝水，服用瀉藥。法律規定醫院不能提供病床給普尼化的病患，所以沒有醫院會收，不能派救護車過去。隊員提議，最後的一段時間，在家裡度過應該會比較好。

凜子走進理劍的房間，握住他的手。

「我不想死。」理劍說。

母親默默點頭，潸然淚下。

這個時候，宇垣龍矢、其兄湯姆，以及他的朋友田原和步等加害人（還有理劍），都沒有料到一件事。

也就是理劍的母親凜子持有手槍和十二發子彈。

4

對於將兒子推入死亡深淵的那些人，凜子的恨意驚心動魄。

在認識理劍的父親不久前，凜子曾與「空帝的制裁」的日本分部的社運人士交往過，手槍就是透過他買到的。當時不只是教團，社會各處都在預言——或者說預測日本將會爆發前所未有的內亂，治安也將戲劇性地惡化，凜子認為確實有這個可能，為了到時候可以護身，買了手槍和子彈。

雖然和社運人士交往過，但凜子在青春時代也只是身上掛個標語，上街遊行一下而已，並沒有前科。

她並非全盤相信「空帝的制裁」的教義。現在的她覺得那單純是純潔的二十出頭年紀一時的狂熱，也認為那只是偏頗的理想論。三十一歲時聽到烏拉爾克．卡塔遭到殺害的國際新聞時，這個人對她已經無足輕重，兒子的幼稚園畢業典禮更重要多了。

手槍收在衣櫃深處的木盒裡，最近她甚至懷疑持有手槍本身，就是一種愚蠢且無用的風險。雖然社會上命案時有所聞，但到現在仍然看不出即將爆發前所未見大動亂的跡象，有時她會想要用這把槍斃了在外面有女人不回家的丈夫，但又覺得害怕。其實凜子的丈夫自結婚時就毫無成家的意願，平常就三不五時聲明他是因為凜子懷孕，才勉為其難與她登記結婚，總是說「所以不要依賴我、不要束縛我」。除了丈夫的簽名欄以外全部填好的離婚申請書收在衣櫃抽屜裡。

理劍呻吟、夢囈的期間，凜子從木盒取出全自動手槍，填入子彈。

握住手槍，雜念從心中消失了。

時值深夜。

秒針走動的滴答聲顯得格外刺耳。

凜子的殺意一分一秒被淬鍊得更為純粹。

她利用班級通訊錄的電話和Google地圖查到宇垣龍矢家。

接著把手槍放在枕邊，上了床。坐視邪惡，亦是一種邪惡——她時隔多年地想起已死的教祖烏拉爾克·卡塔的話。

她在五點半醒來了。

她去理劍的房間看兒子，理劍安靜地發出鼻息，皮膚變成了雪白的顏色。

凜子穿戴好，將手槍放入皮包裡，離開公寓。

被朝霞染紅的雲朵另一頭高掛著「未知體」。

看在凜子的眼中，那是一道龜裂。

光從龜裂裡射過來。

將目光移回大地，空地上的雜草沾上了露水。停車場旁邊設置了金屬製的普尼箱，前面立了根牌子寫著「除指定回收地點外，亂丟普尼可罰鍰十萬圓」。旁邊是社區公告欄，貼著校慶、社區將棋比賽、尋狗啟事等海報。

或許她還是有點希望有人阻止正要犯下駭人兇行的自己。

她打了丈夫的手機。

理劍被同學和不良少年集體圍毆，強行餵食普尼。我要去殺了他的同學。凜子本來想要這麼報告，電話卻無人接聽，轉入語音信箱。

她已經兩個月沒有和丈夫說話了。

她嘆了一口氣，收起手機。她沒想到使用LINE這些電話以外的連絡方法。

凜子走到蕭條的維修工廠旁邊的宇垣家，按了門鈴。

剛好是早上七點半。

出來應門的是宇垣龍矢的父親，年約五十五，神情陰沉，穿著灰色休閒服。

「誰？」

「啊，不好意思一大早來打擾。我住在對面的超商附近，宇垣龍矢同學和湯姆同學救了我們家的狗……」

「狗？」

「昨天他們兩位幫我把走失的狗送回家。我有在超市貼尋狗啟事的海報，黃金獵犬，叫跳跳。」凜子擠出滿臉笑容說。「我想向他們表達謝意。」

男子解除訝異的表情，浮現笑容。

「狗啊！這樣。啊，那我去叫他們。喂！湯姆！龍矢！」

男子朝屋內呼喊。走廊深處走出兩名一臉懵懂的少年。一個穿制服，另一個頭髮很長，眉毛都剃光了。這一個穿著成套運動服，應該是居家服，表情很睏。

凜子飛快地將藏在身後的手槍挪到身前，扣下扳機。

第一發子彈命中宇垣父親的胸口，他頹然倒地。

真正的兩個目標定住了似地一動也不動。

走廊很狹窄，無路可逃。凜子立刻將槍口對準兩名少年，扣下扳機。

她連開了七槍。不知道命中了幾發。

彌漫著硝煙的走廊倒著三個人。

凜子跨過呻吟不止的宇垣父親，沒有脫鞋就直接踩進去。

龍矢按著胸膛，雙眼睜得老大。

湯姆在呻吟。

疑似母親的女人開門看走廊，短促地慘叫一聲，立刻「砰」地關上門躲進去。

她立刻就會打電話報警吧——但凜子置之不理。接下來的事她都無所謂了，也沒有計畫要如何逃亡。

「狗、狗——」

父親沙啞地說。

凜子沒理父親。

「你們殺了理劍是吧？」

她踩住湯姆的頭。湯姆按著胸口蜷曲著。

嚴格地說，理劍還沒有死。他身為人的生命，還有六天左右吧。

「啊啊、嗚啊啊啊、啊啊……」

「你們逼他吃了普尼對吧？」

「嗚嘎、啊、嘎，那只是開玩笑啊！」

「你朋友在哪裡？」

「好痛！好痛！」

「你朋友在哪裡！」

「對不起！他不在！不用了！」湯姆可能已經無法理解對方在問什麼了。

「我在問你！硬逼我孩子吃下普尼的時候也在場的你朋友在哪裡！你朋友！你的同夥！」

「咦？啊？和步，是和步，是和步幹的啦！和步說他會不會吃，我說會，是他自己吃的啦！跟我無關啦！」

「那個和步全名叫什麼？住哪裡？電話幾號？」

「對不起，饒了我吧，救命，救命，好痛，等一下再說，救護車——」意思是先叫救護車，然後他才說嗎？

接下來全是呻吟。

凜子原本想要視情況威脅湯姆，問出最後一個施暴者的住址，但看這狀況不會有結果。這年頭應該沒有人能背出朋友的住址和電話，而且他傷勢太重，沒辦法叫他查手機了。

遠方似乎傳來警笛聲。

凜子走出門外，將手槍收進皮包裡，前往車站。
她在咖啡廳配咖啡吃了淋糖漿的鬆餅。
然後回家了。

5

理劍意識朦朧地睜開眼睛，發現母親坐在床沿。
母親一臉疲憊。他隱約嗅到火藥味。
「媽。」
母親握住理劍的手。
「我替你報仇了。」
母親說。
咦？
但理劍還需要一段時間，才會明白這句話意味著什麼。
「你一定要活著回來。什麼事都不用擔心。我是個傻子，但我相信我做了對的事。」

母親的身影變得模糊。

理劍覺得身體逐漸融化了。

抗拒不了。意識消失了。

理劍人在森林裡。

這裡長了許多樹幹光滑粗大的樹。

雖然是夜晚，但空氣溼暖。

似乎是南方。

理劍隱約覺得這是夢，卻又莫名地真實。

穿過森林，是一片玉米田。

田地前方的空地有一棵樹圍達三公尺的巨木，樹上掛著應是手工做的鞦韆，一個梳油頭的男子叼著紙捲菸，正在吞雲吐霧。

男子年約六、七十，是盎格魯薩克遜人，理劍認得那張臉。他在母親藏書的作者近影上看過，也在電視新聞上看過。是已故的教祖烏拉爾克．卡塔。

——你是不小心跑來的嗎？

烏拉爾克．卡塔，或是長得像他的男人看到理劍，訝異地問。

理劍點點頭。

——這裡到底是哪裡？

——這裡是我的農場。

——農場？

確實，周圍是一片玉米田。

——以前的我是個小佃農，但現在不一樣了，我在這裡是個大地主。不管是蔬菜還是水果，任何作物都可以在這裡生長。不管是北方的作物還是南方的作物都一樣。這裡是魔法農場。

——你是烏拉爾克．卡塔先生嗎？

理劍確定地問，男子的表情抽動了一下。

——你是誰？我不認識你。

——我也不認識你，不過我媽媽有你的書。我在上面看過你的照片。

還有電視新聞。

男子嘆氣，捋了捋鬍鬚。

——這樣啊。你是從舊世界來的吧。入夜以後，會有各種東西跑來這裡。有幽靈、動物，也有妖精。有恨我的人，也有自稱我的朋友的人，但不管怎麼樣，我都不能為他們做什麼。然後太陽一升起，他們就會消失。我應該不認識你的母親，即使認識，也不記得了。抱歉。

——這裡是思維的異界嗎？

——不知道。這裡是農場，是我的土地。舊世界的事我已經忘了。那裡遲早會滅亡吧。

——以前的你是個恐怖分子。好幾千人因為你做的事情而死掉了。

理劍恍恍惚惚地說。

——或許吧。很抱歉，我記不太清楚了。如果在我過去生活的大地，因為我的行動而造成誰的死亡，或是讓誰痛苦，而你是為此來到這裡訴苦的，我向你道歉，對不起。人生當中，是有一旦舉起就無法放下的旗幟、或是沒有煞車的車子的。

烏拉爾克慵懶地說。

橘色的光點橫越天空。那是什麼？不是飛機，以流星來說又太慢了。但理劍沒有詢問烏拉爾克．卡塔天上的光是什麼。因為那與現在無關。

可是為什麼呢？對於過去母親崇拜的這個人、對這個人所在的這個看起來舒適愜意的世界，理劍湧出強烈的反感。

——你屬於那種天一亮就會消失的東西。我不認識你，也無法回答你的問題。我不是百科全書，也不是青少年煩惱諮商員。已經夠了吧？天就快亮了，我得上工才行了。

天亮就會消失？

四周圍逐漸亮了起來。理劍看看自己的身體。變成半透明了。他東張西望，剛才的男子已經消失不見了。反正這裡是夢的世界吧？烏拉爾克・卡塔不可能會說日語。不，他說的是日語嗎？不懂。

理劍在床上爬起來。

頭痛欲裂。體內的器官好像全部都在翻攪。但意識漸漸清晰起來。

區保健課打電話來。對方得知接電話的是理劍，瞬間倒抽了一口氣，問：『我聽說你吃到普尼，你狀況怎麼樣？』或許他是打來問家屬要怎麼處理理劍的遺體的。

「嗯，是，好像沒事。」理劍回答。「因為我馬上就吐出來了，而且我抵抗值很高。」

接著兒童福利課也打電話來。理劍正在講電話，門打開了。

是好一陣子不見的父親。

「爸。」

他掛斷電話後說。

「啊，你沒事嗎？太好了。」父親不悅地說。
「媽呢？」
父親沉默了一下。
接著他說：
「狀況很嚴重。不能繼續待在這裡了。」
那個混帳——父親唾棄地說。
「出了什麼事嗎？」
「你總有一天會知道的。」
母親做了什麼？理劍似有預感。無以名狀的不安湧上心頭。
「還是得跟你說一聲，我們離婚了。三天前我收到離婚申請書了。」
不知為何，父親露出靦腆的笑。「所以，唔，她和我已經是無關的人了。不過你也太可憐了，嗯。你可別像你媽那樣，老是給我惹麻煩啊。」
理劍再次一陣噁心欲吐，垂下了頭。
「跟我無關～跟我無關～已經是無關的陌生人了嘛～跟白痴說什麼都是白說。」父親近乎煩人地不停重複道。「那，差不多該走了。」父親說完，離開了家裡。

凜子槍擊的三人全在醫院過世了。

凜子去郵局把離婚申請書寄給丈夫後，前往超市採買食材時遭到警方逮捕拘留。

許多人去找理劍。週刊記者、警方人員、區兒童福利課、導師、外祖父、舅舅阿姨。

結果外祖父成為理劍的監護人。

因為母親殺了同學，理劍沒辦法繼續就讀同一所國中。大鹿是父姓，既然兩人已經離異，理劍便改姓為母姓篠塚。

他搬到埼玉的外祖父家，以篠塚理劍的身分悄悄轉入該學區。

他沒有向新同學透露任何他的經歷。有一次一個愛八卦的大嬸叫住他，問他家裡的事，他說家人都因為普尼而猝死了。這年頭，普尼造成的死亡比交通事故還要普遍，因此一點都不會顯得不自然。

隔年，判決出來了。

辯方主張無罪，聲稱被告「因兒子遇害，情緒失控」，且「由於普尼醉而精神錯亂，處於心神喪失狀態」。

雖然上訴到最高法院，但最後凜子被判處死刑定讞。

十五歲冬季的某個黃昏。

理劍坐在枯樹林中無人的長椅上。

他在放空。

不經意地抬頭一看，視野邊角站著一團白色的影子。

什麼東西？

他瞬間想到的是「妖怪」。白色的，模模糊糊的，典型的繪本妖怪角色。

轉過去一看，原來是貼附在損壞的遊樂器材上的一團普尼。

居然連這種地方都有。理劍嘆了一口氣。

他目不轉睛地盯著看，普尼滑下遊樂器材，抖動著往理劍這裡爬過來。

接著它縮成一團，滾過來又彈開，咚咚彈跳，撞到樹木，掉落地面。

理劍整個人呆了。

吐出來的呼吸是白色的。

理劍望著自己戴毛線手套的手。

他看著遠處的普尼球，使勁握緊了手。

五公尺外的落葉上的普尼球整個縮了起來。

原來如此。

理劍握緊拳頭，用力到不能再用力。起初比籃球還要大的普尼球，縮小到只有高爾夫球大。

原來如此，是這麼一回事啊。

就在這天，理劍發現了自己擁有的能力。

新年過後，國三的第三學期開始了。

一月的最後一天，理劍在篠塚家的餐桌留下寫著「我不會尋死。我想要挑戰我自己，請不要找我。」的字條，帶著背包失蹤了。

理劍失蹤一年後。

他現身在冬季的普尼災區。

居民有九成都去避難了，這裡成了禁止進入的區域。

這類地區會被棄置荒廢，直到普尼操縱者前來進行大規模清除。

理劍不是來災區當志工，也不是被普尼災害應變所雇用。他是私下侵入這裡的。

這一年來，他一直在旅行。每當看到街上的高中生，他總是會感到心虛和不安。但進入一片雪白的普尼災區，心情就能平靜下來。

如果說人類群集的文明社會是一個現實，那麼普尼災區也是一個現實。

災區應有盡有。

進入民眾逃難後的空屋，屋內就有食材。就算沒電，如果用的是瓦斯，就可以炊煮。也有羽毛被，最重要的是，這裡一片寂靜。當然，也有太多樂子可以排遣無聊了。

他操縱普尼入侵，破壞ＡＴＭ。萬圓鈔票一疊一疊掉出來。

理劍將鈔票塞進背包裡，笑了。

他在災區閒晃，遇到竊盜集團攻擊。對方是五人一夥，每個人都戴著防護面罩。

「不好意思啊，看你是要吃下普尼死掉，還是要留下全身家當離開？」

竊盜集團亮出刀子，恐嚇理劍。

「對了，你怎麼會沒戴面罩？」

普尼如驚濤駭浪般湧來，化成盾牌包住了理劍。下一秒，竊盜集團全被地面長出來的普尼觸手給抓住了。

理劍默默地扣押他們的背包。裡面有應該是破壞收銀機和保險箱得手的數百萬圓。

雖然不多，但理劍也救過人。

像是在災區裡哭泣的小孩、被繫在原地的寵物。要救他們，對理劍來說易如反掌。

有一次，理劍來到十二月的岡山災區。有人從普尼覆蓋的房屋屋頂叫住他：

「你在做什麼？」

是個女孩。皮膚整體泛白，應該是開始普尼化第三天左右。她坐在屋頂上。看不出年紀，大概國中生。

「散步。妳的家人呢？」理劍問。

「去避難了，只剩下我一個人。」女孩說。

「這樣啊，那妳一個人應該很閒吧？」

也許是覺得理劍的說法很好笑，女孩笑了。她下了屋頂。

「哥哥怎麼會在這種地方？而且居然沒戴面罩，也沒穿防護衣！」

「我從東京來這裡旅行。」

「為什麼聽了讓人很不爽？」

女孩又笑了。

「要不要一起吃飯？」

「好啊好啊，要吃什麼？」

接下來五天，理劍都陪著女孩，直到她消滅為止。他找來食材，和女孩一起吃。多半是露天烤肉。看到理劍能操縱普尼，女孩嘆了一口氣：

「你好像那個……叫什麼去了？ＳＥＩＫＯ。你為什麼不加入普尼應變所？」

「如果我進去那裡，就不能在這裡跟妳聊天了。我想要自由自在地四處逍遙。」

「這樣啊。」白色女孩說。「不過你還是應該加入。這樣太浪費你的力量了。」

理劍用普尼做了從住家二樓一路滑到坡下學校的溜滑梯。

少女拿出雪橇，發出歡呼滑下去。「妳不冷嗎？」

女孩要求想要再滑一次，理劍用普尼做的纜車把她送上去。

「變成這樣，我已經不冷了。」

少女說。

然後少女帶理劍到雪白的高台上。近百名半普尼化的人坐在這裡談天說地。

看起來有點像一棵棵小樹冰。

「我們看著天空，等待著那個時刻到來。大家一邊聊天，等著輪到自己。」

白色的大嬸說。

「我家裡的東西，你想要什麼都儘管拿去吧。」

幾天後，少女和上百人失去了形體，城鎮真正成了無人之地。

有時理劍會在普尼災區看到鳥、蚱蜢或是野猴等沒有普尼化的生物。

但極為罕見。應該是抵抗值高的個體體內出現變化，讓牠們適應了環境。

世界正在朝滅絕之谷滾落。不過理劍認為，當世界墜落谷底時，樂園有可能造訪大地。沒有人，沒有法律。整個大地都是食物，怎麼吃都吃不盡，不吃也行。不會被捕食，也沒有紛爭。

可以操縱普尼，蓋出想要的家。不管是一百層樓高的豪宅還是大宮殿都行。完全的自由。是所能想像的最徹底的自由。

如果餓了，不管是房屋還是地面都可以吃。就像來到由起司做成的星球的老鼠。

不，這根本不是什麼樂園。是與現在的世界截然不同的另一種地獄。

理劍踩著白色的地表想像著。所有的一切，有朝一日都會變成普尼。然後一千萬年過去，猶如漫長的假寐般的時間造訪。人類偶然從普尼的大海中再生，赤裸地在地上行走，然後再「噗通」一聲回歸普尼的大海。天空上，「永恆的夢」在那裡無止境地閃耀著。

6

『我是中月活連，第六次衝鋒隊的成員。我見到鈴上誠一了。可以溝通。』

這段訊息從思維的異界透過衝鋒者身上的傳碼器送出，由日本的研究所接收到了。全世界都為之沸騰。

日本第六次派出的衝鋒者，終於接觸到掌握破壞核心關鍵的人物了。這是一項重大突破。

一般相信，只要飄浮在核心附近的鈴上誠一願意為地球出力，地球就有生機了。

日本第六次派往思維的異界的衝鋒隊共有十八名成員，但除了中月活連以外，似乎全滅了。

『衝鋒隊裡面，我是弱化最嚴重的一個。我們與散布在異界的守護者發生戰鬥，逐一犧牲，但諷刺的是，我因為太過無力而被守護者忽略了。此外，我也沒有變成魔物，能夠混進居民裡面。』

『最後我抵達了被稱為核心部的核心周邊地區。這裡是宛如繪本的不可思議世界，有電車、有綠意盎然的連綿丘陵、有森林、有大海。這裡雖然是思維的異界的中樞，景觀卻近似郊外，或者說鄉下地方，耐人尋味。鈴上在這裡過著日常生活。我認為這個世界受到鈴上的思維所影響，但並不確定。他似乎對原本的世界記憶模糊。從與他的交談來看，他是個很普通的人。』

傳碼器傳來的通訊文內容向全世界公開了。

接下來的訊息提到：

『接下來我將展開談判，說服鈴上誠一破壞核心。我會提出我所能想到的一切條件，誠實面對他。我是誰、地球上發生了什麼事，我會毫不保留地告訴他。當然，破壞「未知體」的核心以後，生還的機會渺茫等事實，我無法全部向他公開，但虛偽會引起懷疑，懷疑會導致談判破裂。』

理劍在高知縣的電車裡用手機看到這則新聞。車窗外，農田與瓦頂民宅不斷地流過。

在無人站下車後，理劍仰望上空的藍星。

英雄現在在那裡。

英雄手無寸鐵，全憑口舌，試圖拯救地球。

短短一瞬間，烏拉爾克．卡塔和他的農場浮現腦中，但立刻就消失了。

每個人都在等待。

祈禱著飄浮在上空的威脅能夠消失。

但此後地球再也沒有收到中月活連的通訊。接下來不管再怎麼等待，「未知體」依舊存在於那裡，觀測器亦沒有觀測到任何異變。

失蹤後約六年，理劍漫無目的地漂泊流浪。他沒有工作，靠著在災區得到的錢四處移動。如果走累了，就前往市區，租個週租公寓待在裡面。

即使世界總有一天要被普尼吞沒，他也不想協助加快這個進程。

之前他都會寫信給外祖父報平安，但離家第二年，外祖父便因為心臟衰竭而過世了。

他與父親形同陌路，不知道父親在哪裡，也漠不關心。

『徵求衝鋒者！』

理劍走在新宿，看見電子布告欄出現閃電般的影像和文字。

『第七次思維的異界衝鋒隊招募隊員中。防衛省・異空間事象應變中心』

勇壯的背景音樂響了起來。

『公開招募！』

大大的文字浮現又消失。

看起來像自衛隊或普尼災害應變所的徵才影片。

背景音樂變成環境音樂風格的寧靜鋼琴曲。畫面上有一群年輕男人跑過沙灘，可能是訓練生。

還有公園裡和母親遊玩的小女童、某所學校的無人機空拍畫面，河川、山丘、公車。

字幕流過——

『每個人都是為了某人而活。』

理劍在網路上確定招募內容。並不是報名就能立刻成為衝鋒者，似乎要通過好幾個階段的考試。應試資格為十八歲以上，抵抗值80以上，此外完全不設限。

最後會選出二十五名衝鋒者。也接受網路報名，理劍立刻填好姓名和電子信箱傳送出去。

理劍在船橋租了間廉價公寓做為據點。

他拿著寄到公寓的准考證，前往指定會場之一的武藏野市的大學講堂。

會場前面的走廊放了募款箱。一個是支援普尼災區，另一個是支援衝鋒者的募款箱。募款箱現在已是司空見慣，隨處可見。

寬闊的大講堂坐滿了志願者。

四下張望，形形色色的人都有。

老年人、年輕小姐、中年男子。報考資格是十八歲以上，但沒有年齡上限。也有坐輪椅或撐拐杖的男人。雖然也有女人，但數目只有男性的三分之一。

根據考試前的網路資訊，來自全國的志願者超過四千名，第一階段考試的考場也多達七處，從北海道到九州都有。

不久後，一名身穿藍色西裝、戴銀框眼鏡的男人站上講台。

「各位早。接下來各位將接受第一階段考試的適性測驗。在這之前，我想再次與各位確認，衝鋒者是什麼？要選拔出什麼樣的人才？如果及格之後才要放棄，參加考試完全是浪費時間，可以現在就離開沒關係。」

每個人都發到一張紙。

上面印刷著略大的字體。

大略瀏覽，大意如下：

衝鋒隊的任務為藉由次元傳送裝置進入思維的異界。

無論作戰成功與否，生還希望皆極為渺茫。

「在我國，截至目前總共實施過六次的衝鋒行動，總計送進了七十二人，但沒有任何一個人生還。請懷著『奉獻出生命』的覺悟，參加這場考試。」

銀框眼鏡的監考官說。

「如果通過第一階段測驗，會寄出第二階段考試的日期和地點。通過第三階段考試的人，將接受為期一年的訓練，訓練期間國家會支付薪資。由於是一星期五天的訓練，將無法繼續從事目前的工作。最後將從訓練生當中挑選出二十五名衝鋒者。」

有幾個人離開了。

但會場絕大多數的人都還是靜靜地坐著。

才第一階段考試，考場便已瀰漫著悲壯的氣氛。

筆試題目發下來了。總共有十二頁。

第一題是這樣的——

〈假設你是士兵，長官命令你駕駛載有炸彈的戰鬥機前往敵方據點進行特攻。如果執行任務，將難逃一死，但有可能在軍事戰術上殺出一條生路。請用三十字敘述你會如何行動。前提是不論是說服長官變更戰術，或是逃亡，任何可能性皆有機會實現。〉

接下來是各種極限狀況的假設性題目，令人心情沉重，難以立刻作答。

遇到關於朋友、愛吃的食物、興趣方面的問題，心情便稍微緩和了一些。

適性測驗的目的是要瞭解受試者，因此沒有正確答案。但理劍認為還是能夠猜出問題的用意，做出虛假的回答，好讓對方認為自己是更適合的人選，不過理劍並不知道政府想要的是什麼樣的人才。想要大膽無畏的人？步步為營的人？還是絕對服從命令的人？或是能不斷地提出意見，改變作戰方略的人？理劍想像著理想的衝鋒者樣貌，振筆疾書。

十二頁的最後兩頁是**〈動機：為何報名成為衝鋒者？〉**，以及**〈請以地球和生命為主**

題，寫出一千兩百字以上的文章〉。

一個月左右之後，理劍收到第一階段考試合格的文件，並通知第二階段考試的會場。

奇妙的是，理劍並不怎麼開心。

如果留到最後，就必須「奉獻出生命」，潛意識的防衛本能似乎在警告他快點跳下這班荒謬的電車。

第二階段考試的考場也是同一所大學的講堂，前往考場後，與第一階段考試不同的另一名監考官說：「有一千人通過考試，其中有三百名放棄。」

理劍能理解他們的心情。一旦發現自己真的有可能被選上，頓時就害怕起來了吧。

第二階段考試是精神能力測驗，除了從來沒有接受過的神祕心理測驗之外，還有智力測驗、健康診斷，以及第一次面試。

面試似乎是一個個來，理劍被帶進小房間，坐在折疊椅上。

面試官是一名中年人和一名年約二十多歲的女人。兩人專注地看著履歷表和其他提交的文件。

然後男人抬頭。模樣總顯得有些不耐煩。

「你好，我是所長田村。」

「我是篠塚，請多指教。」

「好驚人的抵抗值。」

「是的。」理劍應道。

「520，從來沒看過這麼高的數字。沒有普尼應變組織的人去找你嗎？」

「有的。衝鋒者也是抵抗值愈高愈好吧？」

「對。」田村說。「最近的研究顯示，A耐受性的前段班，在思維的異界保有與在這裡相同的樣貌的可能性會提高。」

「未知體」與普尼有著密切的關係。目前已知前往思維的異界時，抵抗值低於80的人會直接消滅，無法在異界實體化。

「抵抗值非常重要。雖然招募的條件設在80以上，但理想是120以上。但只要通過基準，接下來就看其他適性了。不過像你這麼高的抵抗值，在地上參與清除普尼的工作，比方說從事像現在非常活躍的SEIKO的任務，我覺得比較好。呃，你有操縱普尼的能力嗎？」

「沒有。我不知道要怎麼樣才能變成普尼操縱者。」

「唔……如何擁有操縱能力，眾說紛紜，相關人士都被下了封口令，似乎是極機密事項，我們也不是很清楚。我聽說那是一種命定的能力。」

真的不知道嗎？不過說它是命定的，應該也沒錯吧，理劍在內心同意。只是，如果真有宿命這回事，那麼所有的一切都只能說是宿命。

「這算是一種確認，第一次考試的時候也已經告知過了，衝鋒者就算任務成功，也會死掉。」

「不對。」聽到田村的話，旁邊的年輕女人插口說。房間裡頓時靜了下來。

「不，就是這樣。」田村面無表情地對女人說。「這是事實，為了避免事後才在爭論『我以為你早就知道』，確認再多遍也不為過。」

兩名面試官，田村和年輕女人小聲爭執著。

喂喂喂，還在面試耶，不要吵架好嗎？理劍心裡吐嘈，安靜地等待。

很快地，兩名面試官冷靜下來。

田村說了：

「從失去目前擁有的肉體的意義來說，進行次元傳送時，肉體就會消滅，然後在異界重新建構出來。破壞核心後會怎麼樣不清楚，但生還的希望渺茫。」

理劍點點頭。當然，他這個衝鋒者迷早就知道那是一趟有去無回的旅程。

「你的經歷很有意思。」

「喔。」
「國中畢業以後，這六年之間你都在做什麼？」
「當義工，到處打工。」
這是謊言。
「這樣。你上面寫尊敬的人是中月活連……」
「我可以說出一百位以上衝鋒者的名字。如果有衝鋒者猜謎比賽，我應該可以拿到很不錯的成績。」
「那我問你，彼得．巴拉德呢？他是個怎樣的人？」
「彼得．巴拉德是英國的衝鋒者，在四年前進入異界，原本是教師兼科學家。在另一個世界，他失去聽力，在巨大的庭園裡擔任園丁。庭園不知道是誰興建的，也不知道真正的雇主是誰、庭園為何而存在，但他在那裡每天規律地工作著。庭園的樣貌每天都不同，想要從東邊的出口離開，就會跳躍到西邊的入口。這是他的傳訊內容。」
田村點點頭，望向手上的文件：「從第一階段考試的適性測驗分析結果來看，你的參加動機，『追求名聲』和『義務感』的數值好像特別高，是嗎？」
應該吧，理劍想，但被明白地點出是哪些欲望，也讓人有些惱怒，讓他一時語塞。
「沒有『自滅衝動』嗎？」田村說。

「呃，我想應該沒有。」

「普尼災害應變所是非常有意義的部門。如果你有了操縱者的力量，不僅可以獲得名聲，薪資也和一般公務員不同，可以得到媲美運動選手的收入。當然，這也是最棒的社會貢獻。雖然第一位普尼操縱者遭人槍殺，非常令人遺憾……看到你這個數值，我就想到適才適所這個詞。」

所以不要報名什麼衝鋒者，快點回頭去應徵普尼災害應變所吧——他是想要這樣說嗎？理劍挺直了背說：

「清除普尼確實是絕對必要的工作。但如果選擇了這項任務，等於一輩子都在打地鼠，無法得到根本的解決，我就是這麼想，才會來到這裡。我認為衝鋒者才是在真正意義上值得豁出生命去做的事。」

房間靜下來了。

田村輕嘆了一口氣，然後笑了：

「不行，完全不行。不行啊。」

面試結束後，理劍坐在校內的長椅上吃麵包，這時上方傳來聲音：

「辛苦了。」

是面試時坐在田村旁邊的女人。面試官也在休息吧。

「啊，妳好。辛苦了。我好像不行呢。」理劍微笑著說。最後面試官都說不行了，應該沒希望了。「我是真心夢想能成為衝鋒者的，但沒這麼容易實現呢。」

「不不不，沒這回事。」女人說。

「我完全感受到你的熱忱了。田村先生說話本來就很直，他對每個人都是那樣的。他很中意你的。啊，我叫神流舞。」

「喔。」理劍覺得落選的志願者不值得她自我介紹。

「什麼樣的人會通過面試呢？」

他大膽地問。儘管覺得對方是面試官，應該不會隨便洩漏合格條件。

「我也不知道。我只是對欣賞的人打○，不欣賞的人打×，沒有特別好惡的人打△而已。雖然多少應該也會參考我的意見吧。」

理劍覺得這未免太隨便了。

隔了幾拍，舞說：

「我也要去的。」

「咦？去思維的異界嗎？」

「對，透過次元傳送。我原本是自衛官，衝鋒者中有幾個人選是早就內定的，剩餘的名額再公開招募。然後內定者不願意同行的人，不會被選上。我是從想不想要一起在那裡共事的角度來打分數的。」

理劍仰望天空。

雲的另一頭是藍色的球體。

無法再次生還。

「去到那裡以後，任務會是什麼呢？」

「我想應該是戰鬥。」舞說。

「我們接受過許多這類訓練。還有，呃，考試結果還沒有寄出，所以在接到通知前，都請不要放棄希望。」

隔週的星期二，公寓信箱收到了第二階段的合格通知單。

7

理劍在第三階段考試中接受了運動能力及狀況判斷的測驗，並且都通過了。

通過第三階段考試後，訓練就開始了。即使這次沒有被選入衝鋒隊，也會被登記為下一梯次的優先候補人員。接下來就不叫志願者，而是改稱為訓練生。

訓練囊括各種類型，除了重訓和格鬥術以外，還有在異界的地圖判讀、模擬實戰等等，不過全是以戰鬥為前提的內容。

訓練生分配到宿舍單人房，除了訓練以外的時間都是自由的。

神流舞也一起接受訓練。

衝鋒者的最後名單宣布，在媒體雲集的飯店大廳舉行。現場有幾十台攝影機在拍攝。

訓練生身穿西裝坐在台下，將從其中選拔出二十五名。被叫到名字，就上台坐在預備好的椅子上，是這樣的流程。

第一個被點名的是神流舞，隔了幾個人以後，理劍也被叫到了。

理劍站起來，行了個禮。閃光燈亮個不停，會場爆出掌聲。走向台上的時候，理劍的腦袋一片空白。一坐到椅子上，歡喜、恐懼和安心揉雜的不可思議感覺立刻籠罩了他。

接下來在另一個房間有記者會，然後是慶祝會。

神流舞邀理劍去車站前。

一連串媒體採訪活動已經結束了。

理劍本來以為是衝鋒隊成員要一起交流，然而前往會合地點一看，只有穿便服的神流舞一個人而已。

「想吃什麼都行，我請客，想去哪裡吃飯都沒問題。」神流舞興沖沖地說。

「可以嗎？」

「因為再幾個月以後，我們就跟地球再見了耶？不管再貴的酒、多棒的美食，都不必節制了。因為存款什麼的都沒有意義了嘛。」

「這也是測驗之一嗎？」

神流舞爆笑出來。

「什麼測驗啦！對美食誘惑的抵抗力測驗嗎？啊哈哈，理劍，你太疑神疑鬼了。你又不是未成年人，法律也不能限制你喝酒。好好好，那，這也是測驗，你會不會聽我的話的測驗。好了啦，不必用敬語跟我說話了。衝鋒隊是沒有上下階級之分的。」

兩人先走進串燒專門店。

「終於決定了呢。」理劍說。

「你有什麼感想？」

「很怕。」

「很怕啊？」舞笑了。

「妳呢？」

「覺得鬆了一口氣。因為我從一開始就在名單上，只是再次確定而已。」

「妳說妳從一開始就在名單上，怎麼會這樣？」

「我報名上一梯的第六次招募，是和中月活連他們同期的訓練生。然後上次我沒有進入最終選拔，所以輪到下一次。」

中月活連是理劍的英雄。他是唯一一個以人話和鈴上誠一交談的人。理劍切實地體認到……啊，我現在也屬於一直嚮往的世界了。

「只能目送大家離去，真的很難受。」

兩杯酒下肚後，神流舞說：「我住的公寓就在附近，去那裡舒舒服服地繼續喝吧。」

理劍雖然人有點遲鈍，但還沒鈍到看不出對方這麼明白的表示。

理劍把舞摟過去，舞的手纏繞上來，咬住理劍的耳朵，就像要把它吃掉。

完事之後，理劍躺在床上，撫摸著舞的頭髮說：

「做這種事，真的可以嗎？」

「可以的。」舞說。「接下來我們就要奉獻出生命了，我可不想留下遺憾。」

「對妳來說，我就可以了嗎？」

「我只要你一個人。不做才是吃虧呢。」

這個人怪怪的，理劍想。

「原來妳沒有男朋友。」

舞從冰箱拿來可樂，倒入杯中。

「沒有。已經死了。他的耐受性只有C。不過就算還活著，也不是什麼好東西。那傢伙花心，跟我吵架，還向我借錢，然後就這樣死掉了。真的很想叫他把我的青春、把我的感情那些統統還來。」

理劍垂下頭去。

「忘掉他比較好對吧？」

「不，不可以忘記。」理劍感到胸口微微發痛。自己死後，喜歡的女人和其他男人上床，已經準備要忘掉自己了，這樣太殘忍了，他想。

「說的也是呢。這是他活過的證明呢。我不會忘記他。我會記住他，直到死去。我爸媽都已經死了，妹妹也死了。前男友之後，我喜歡上的是中月先生——不過是單戀。可是他大概也死了。大概三年前吧，中月先生有養貓，他在進入異界前把貓交給我照顧。可是貓在去年年底的時候忽然走失了。這就是我的歷史。理劍，你真的不是普尼操縱者嗎？520，這個數字真的太誇張了。」

理劍用皮膚感受著舞的體溫說：

「我不是。不過或許我有資質吧。」

接下來只要休假，理劍便經常流連在神流舞的住處。

休假也變多了。只要申請，任何一天都可以調整為休假。這是考慮到衝鋒者即將離開地上，必須整理身後事，或是與家人相聚。

舞說她只要理劍一個人，理劍也發現這的確是事實。他們是戰友，將一起投入燃燒生命的任務。除了神流舞以外，理劍沒有別人了。

舞住的地方是二房二廳附廚房格局，整理得井井有條。

理劍喜歡從她的書架抽出書來，躺在床上打開來讀。

「這麼說來，第一次面試的時候，田村所長說了類似『進入異界之後就會死掉』的話，妳不是反駁說『不一定』嗎？妳那句話是出於什麼根據？」

「我有那樣說嗎？」

「有啊。」

「那是，嗯……」舞苦笑著說。「我覺得如果不這樣說，你可能會打退堂鼓。」

「怎麼可能？」理劍才不是懷著那種半吊子心態參加面試的。

「因為誰知道一定會死呢？那裡可是未知的世界呢。我們進入異界以後，或許地球會出現某些營救計畫，而且『在死之前都還算是活著』，不是嗎？就算在地球上，其實也是一樣的不是嗎？死掉的時候自然會死，這樣罷了。」

每個人都有自己的一套生死觀。人都難逃一死，但是在死之前都不算死。在地球上也是一樣的，即使去了思維的異界，也不能說就是死了——這番論調，理劍覺得像是強詞奪理，也像是真理。

「對了，聽說衝鋒的日子決定了。明年三月十日。還有五個月呢。」

就差一點，看不到最後的櫻花，十日的話，還沒有開嘛——舞遺憾地說。

十二月。理劍坐在會議室並排的折疊椅上。

其他還有約五十名訓練生及相關人員，每個人都正襟危坐，幾乎都是西裝革履。

「現在我要來說明第七次衝鋒隊的任務基本概念。」

所長田村說。

「這次的衝鋒行動，與過去各國各自為政的零散衝鋒行動不同，將會全世界同步進入異界。日本派出二十五名、美國一百二十二名、中國一百九十名、歐盟三百名……」

接下來是一連串國名和衝鋒者數目。

「總共有九百九十五名。這九百九十五名將同時進行次元傳送，在當地從事相同的任務。」

房間的空氣緊張萬分，連一聲咳嗽都沒有。

「最終目標是破壞核心。這裡有個好消息，弱化的問題正逐漸得到克服。進行次元轉換進入異界時，會穿過一種叫H．N波動的波，衝鋒者會在這時候被弱化，也就是變成事象影響力微弱的存在，但現在已經開發出可以稍微遏阻這種弱化過程的屏障。波有些地方強，有些地方弱，也有不規則的地方。雖然無法抱太大的期待，但研究發現如果一次傳送大量的個體過去，或許會有百分之幾的機率，能出現與過去的弱化相反的、受到『強化』的個體。不同於過往，這些個體有望獲得強大的事象影響力——也就是能對另一邊的世界造成一定的影響。這也有助於在與守護者的戰鬥中開拓出生路。」

噢噢——歡呼聲響起。

「到這裡有什麼問題嗎？」田村問。

一名體格壯碩的中年人舉手：

「全世界同時進入異界的話，指揮系統怎麼辦？」

「總司令會對全員下達指令。」田村回答。「一般的組織是使用金字塔模式，作戰命令會由上而下，透過中間幹部往下傳達。但是在這次的作戰中，我們將採取異於一般的作法。衝鋒者沒有階級之分，下達命令的只有總司令一個人。總司令會對九百九十五人各別逐一下達指令。」

現場騷動起來。因為這是不可能做到的事。

這時田村微笑，向背後待命的職員打手勢。

一名身穿白袍、研究人員風貌的男人現身，行了個禮。

「我是技術研究班的長島。我來介紹負責指揮包括日本隊的二十五名在內、全世界九百九十五名衝鋒者的總司令。」

長島說完後，清了清喉嚨：

「法因，請出場。」

伴隨著影印機開始印刷般的機械聲，一個有著大眼睛、嘴唇勾勒出詭異微笑的機器人進房間來了。腳部是履帶。

「哈囉，偶是法因，幸會幸會。」

簡直就像在開玩笑。

被機器人說「幸會」，隊員都啞然失聲，定在折疊椅上。

「偶會在另一邊的世界向你們下指令！」

長島微笑，問法因：

「我想隊員現在都在煩惱應該要叫你『總司令』還是『法因』喔，法因。」

「咦～好害羞喔～」機器人說。臉是塑膠製的，表情沒有變化。

「這不是害羞的點啦。」長島說。

「抱歉！」一名男子打斷似地舉手說。「為什麼要讓機器人指揮！作戰指揮要求臨機應變，我想這方面人類更能夠信賴。」

問得好，理劍想。每個衝鋒者肯定都有這個疑問。

「這個問題是問偶的嗎？」法因的語氣變了。聽起來有些動氣。

提問的男子沒有回話。

長島把手搭在機器人肩膀上：

「是問你的，法因。」

「那偶來回答。」法因那張塑膠臉搖頭晃腦地說。

「沒有人能肯定，在思維的異界中，人心會出現什麼樣的變化。如果各位真心愛上了某人，有辦法殺掉那個人嗎？如果發現只要背叛地球，不僅可以保住一命，還能獲得快樂與安樂，你真的能繼續對地球效忠嗎？

各位都懷著崇高的心志，經歷了嚴格的訓練，現在才能坐在這裡，一定會做出準備好的模範回答。你們會說：我們已經做好覺悟，奉獻生命拯救世界。但人心並非永恆不變的。一點感情的變化、狀況的變遷，就能輕易改變心中的優先順位，或是目標。尤其是那些會造成莫大的壓力、攸關自己生命的問題，答案可以說總是搖擺不定。

不過偶是機器。不管是食欲還是性欲的誘惑、對外表的偏見、對肉體痛楚的恐懼、自尊心、羞恥心，一切的障眼法對偶都不管用。偶沒有對死亡或消滅的恐懼，對每一個衝鋒者也沒有私人的感情。偶一定會達到一開始設定的目標，從這個意義來看，偶是最適任的。

這是第一個理由。

另一個理由是，這次是多國籍的衝鋒行動，偶會說每一位衝鋒者的語言，也可以寫成文字傳送指令。偶可以同時發出二百四十項命令，同時能透過傳送前植入每個人身上的傳碼器掌握每個人的定位訊息，判斷瞬息萬變的狀況。偶能完美無缺地記住得到的每一項訊息。

這兩點，就是應該由偶來指揮，而不是由人類來指揮的理由。因為偶是機器，所以各位可以對偶付出絕對的信任。」

法因說到這裡，就此打住。

房間一片靜默。

自稱「偶」的傢伙怎麼能信任？雖然覺得總有些難以接受，但事實上，法因的能力應該出類拔萃。

「作戰內容是什麼？有大略的草案嗎？」另一名衝鋒者問。

「臨機應變。」法因隨意似地說。場子有些騷動起來。現階段居然沒有具體的作戰方略嗎？就這樣將九百人送入異界，真的可以嗎？

「唔，這個嘛，我來稍微補充一下。」田村插嘴說。「在思維的異界，有通往核心的『途徑』，以及將各人封鎖在封閉幻想中的『洞』。如果以平面地圖來呈現，核心位在中央。」

田村在白板正中央畫了個圓，並列出國名，圍繞在圓的周圍。美國、日本、中國、歐盟、澳洲。

「來自世界各國的衝鋒者以中央為目標，從四面八方一面避開『洞』，一面攻向中央。也就是消滅守護者，步步逼近核心。我們手上已經有中月活連以前走過的路徑記錄，因此日本隊應該能以最短的途徑，抵達核心附近的鈴上居住的城鎮。另一方面，距離核心較遠的俄國等其他衝鋒隊，會在各地引發騷亂，攪亂支配異界的能量均衡。」

「之前提到我們也有可能獲得強化，意思是我們能得到破壞核心的力量，而不必依賴鈴上嗎？」

田村面無表情地說「不」。長島接著說明：

「這個問題我來回答。如果與過去的弱化相比，狀況是會好上許多，但是在那個世界，依然沒有比鈴上誠一更具有事象影響力的人，往後應該也不會有。我們能夠對抗的，至多就到守護者的程度，要消滅核心，還是太困難了。總之，你們就透過植入體內的傳碼器接收指令，並聽從指揮吧。」

舞住處裡的物品一下子消失了。書架上幾乎全部的書和唱片都不見了。

「我統統拿去二手店變賣，結果居然給我賤價收購，全部只賣了兩千圓而已。」

「兩千圓？」

「我丟進車站前的募款箱了。」

「真的假的？」

「總覺得再次體悟到，人是無法逃離時代影響的生物。我看到店內架上的中古CD和書本，心想：這個樂團好懷念、我們這年紀的人都聽過這首歌，或是：啊，那本書以前超暢銷的。五十年後的人，會怎麼看我青春時期的音樂和電影呢？會覺得老掉牙嗎？然後我走出店面，陷入一種不可思議的心情。」

心想：啊，我活著。

我呼吸著這個時代，身處於這個時代，我不可能知道這個時代再往前的時代了。

這麼一想，我忽然雙腿哆嗦起來。可是也不是害怕，該怎麼形容呢？我是覺得有趣。結果，有個坐在嬰兒車裡的小男娃和我對上眼了。

我頓時慷慨激昂起來了。

衝鋒日一天天逼近了。

理劍沒有退掉報考時住的船橋的公寓。訓練時住在宿舍，也會去神流舞在東京的公寓過夜，所以一個月頂多只會回來一兩趟。

他時隔許久地打開這處公寓的門。房間很單調，只有居住所需最基本的物品。

據說衝鋒者的遺物拿去網路上拍賣，在衝鋒者迷之間可以賣到好價錢，但就算有錢也沒有意義，而且房間裡沒什麼像樣的東西。

他去找房仲詢問進入異界以後要怎麼退租。他表明自己衝鋒者的身分，房仲老闆立刻換了副態度，還叫辦公室裡所有的員工起立列隊，深深敬禮，送理劍離開：「一路順風！」

走在餐飲店林立的雜亂車站前，他很能理解舞的感慨。

要在即將告別的街上吃些什麼？做些什麼？

我是什麼人？我的人生究竟算什麼？

有沒有什麼未竟之事？不，實在太多了，多到千頭萬緒。

理劍站在葛飾區的東京看守所前面。

判決定讞後，已經過了約七個年頭，但母親的死刑還沒有執行。也許是因為輿論極為同情加害者，同時律師團也一再聲請再審的緣故。

理劍首先引發了火災。

他操縱普尼帶著煤油侵入看守所內部，潑油之後點火。小火就行了。他的目的在於引發混亂。

脫下大衣，底下穿著背部印有東京消防廳徽章的消防隊制服。

理劍單手一揮，普尼便不斷地從排水口湧現出來。

他讓線狀的普尼爬上牆壁，破壞監視器，並造成電源短路。計畫本身他幾年前就已經想好了。監視器的位置、看守所內部的平面圖，也都記在腦海了。

理劍用普尼製造梯子，爬進看守所內部。

因為可以讓普尼侵入鎖孔，撥開金屬零件開鎖，因此只要不是密碼鎖，門都可以打開。如果打不開，就破門而入。

獄警離開死囚房了。理劍讓普尼群包裹住自己，以免讓監視器拍到，行經走廊，將整道門破壞，把母親放出來。

接著用普尼包裹住母親和自己，翻越圍牆，離開看守所。前前後後只花了三十分鐘。

今天是滿月。浮在夜空的「未知體」就像並排在月亮旁。

母子倆來到河岸公園。

理劍把準備好的旅行袋和換洗衣物交給母親。

「裡面是大件的黑色運動服，可以套在那身衣服上面。還有帽子和口罩。去哪裡都好，換乘計程車，逃到遠方去吧。」

母親定定地注視著長大後的理劍。

「理劍。」

「對，是我。」

母親靜止了約十五秒，聲音模糊地說：

「不會有事嗎？」

這樣做，你不會有事嗎？

「世事已經太紛亂了，不差這一樁。不快點換衣服，會被人看見的。」

母親立刻躲到樹後換了衣服。理劍扼要地向母親說明狀況。

他志願成為衝鋒者，即將進入「未知體」。

次元傳送是有去無回，因為再也回不來了，他正在完成他在地上未完的心願。

「進入異界？為什麼？這是非你不可的事嗎？」

「世上沒有什麼是非我不可的。」

母親似乎還想說什麼，但理劍不耐煩地說：

「妳絕對不可以再落網。萬一被抓了，我帶妳逃獄就沒有意義了。」

「逃不掉的。」母親說。「我出於一己之私，殺死了三個人，我必須以死贖罪才行。而且，警方也會追捕……」

但理劍看出母親凜子儘管這樣說，表情卻充滿了決心。她不打算再次回去當死囚。看到她的表情就知道了。

「逃得掉的。旅行袋裡有五千萬圓的現金。」

「五千萬，這……」凜子呆掉了。

「我接下來要做的，是人類史上最偉大的挑戰，是要去打爆天上的那玩意兒。相較之下，劫獄根本是小菜一碟！逃亡更是不算什麼。」

「可是你會死——」

「直到死前都不算死。不管在哪裡都是一樣的。」

母親嘆了一口氣：

「你真的想了很多。」

當然了。不停地思考，是天經地義的事。但他也覺得自己似乎是不經大腦地走到了今天這一步。

「那，你要早點回來。不用再掛念我了。」

母親銳利、堅定地說。

「你是我的驕傲，你所有的一切都是。」

一直到進入異界以前，理劍都沒有聽到母親落網的消息。

劫獄三天後，理劍在醫院接受了將傳碼器植入左手的手術。手術一小時就結束了。

8

次元傳送裝置很像醫院的磁振造影儀。

理劍在身穿白袍的女職員催促下，躺進細長的座艙內。

不知為何，女職員淚眼汪汪，握住理劍的手說：

「真的謝謝你。」

「我什麼都還沒有做啊。」理劍說，女職員露出微笑。

「真想最後來杯咖啡。」

「不可以，傳送前嚴禁飲食。」

艙蓋蓋上了。

傳送需時三小時。

擴音器傳來田村的聲音。

『好的，各位，就在現在這一刻，無論接下來的任務成不成功，你們每一位都已經是英雄了。是名垂青史的英雄。

我認為你們就和第一位從大氣圈眺望地球的太空人、前往許多人跡未至之地的歷史上挑戰者同樣地偉大。

感謝各位為了開拓人類的未來，奉獻出你們的生命。好了，接下來傳送即將開始。

傳送一旦開始，就無法中途停止。雖然對於走到這一步的各位來說，應該是多此一問，但如果哪一位心生猶豫了，請說出來。』

當然，這是不需要的廢話。會害怕的人不是老早就放棄，要不然就是在之前的重重關卡已經被篩掉了。

『各位的肉體將會在這些座艙內消滅。』

大家都知道了，不用再提醒了啦。理劍苦笑。

『然後在另一個世界重新構築，獲得新的肉體。這就是次元傳送。接下來的時間因為只能等待，如果最後有話想說，請暢所欲言吧。各位的話會全部錄下來，成為英雄的遺言，記錄在人類的歷史上。如果不希望最後的聲音公開，也可以要求列為不公開。』

「田村所長，我有話要說。」

座艙內有時鐘。2：56。數字歸零的時候，在地球上的時間就結束了。結束，然後開始。

「田村所長，我要做最後的懺悔。其實我是普尼操縱者，一直瞞著所有的人。」

沒有回應。

「然後我是個大騙子。其實我是在災區破壞ＡＴＭ、竊取錢財的犯罪者。不過這個蓋子已經不能打開了對吧？活該。然後我媽是死刑犯。啊，這件事你們早就知道了嘛。」

理劍笑了。

「適性測驗和心理測驗，都沒有檢查出我是心理病態嗎？是心理病態在拚命偽裝成好國民。如果沒有查出來，最好重新檢討一下那些測驗，因為根本沒有意義。如果連我這種人都可以騙過去的話。」

沒有回應。

2：30。

「一群白痴！」

理劍在狹窄的座艙裡喊道。

「我看過太多人死了。我一直待在災區裡融化消失的人們身邊。我總是身在災區裡。那裡沒有法律、不用金錢，即使遭人攻擊，能操縱普尼的我在災區也是所向無敵。可是我已經膩了。我會想要進去浮在空中的臭水母的體內，是因為就算待在地上，也沒有半點像樣的事！沒錯，普尼應變所很厲害！很了不起！可是就算我做了跟SEIKO一樣的事，又救得了日本嗎？救得了地球嗎？根本是杯水車薪。」

2：18。

「怎麼還有兩小時以上啦，幹！」

理劍呻吟。

田村在聽嗎？就算現在沒在聽，事後也會聽到錄音吧。

理劍繼續說下去：

「適性測驗，我全部都亂答一通，不過有幾件事是真的啦。我崇拜衝鋒者是真的，想要破壞『未知體』也是真的。可是我一直在想，在另一邊忘掉所有的一切過日子，或許也滿不賴的。想要在那裡生活也是真的。我應該是拿到『未知體』邀請函的天選之人。我從很久以前就一直有預感，覺得總有一天我會在那裡生活。我想全世界的衝鋒者，大概有三分之一都還住在那裡。也有像幽靈一樣，只有魂魄住在那裡的人。我也覺得那裡可能是地上毀滅之後，人類的靈魂永遠安居的樂園。那是個沒有糧食問題、也沒有環境問題的世界。」

沉默。

1：56。

「或許我會背叛人類。我是個自我中心到極點的傢伙，可能會背叛。可是，如果能夠，雖然我不相信任何事物，但我還是想要遵循我的信念活下去。就算會死掉也無所謂，我想要破壞那個纏繞住整個地球的幻影。如果我沒有背叛、如果我在思維的異界立下大功，就原諒我過去所做的一切吧！特赦我的母親，讓她無罪釋放吧！我母親現在因為看守所發生的普尼災害而下落不明。所以你們就透過電視還是什麼，不斷地報導說她已經被無罪釋放了，拜託！」

理劍忽然興起疑問。

搞不好——不，一定是這樣。其實這是臨時最後測驗，下一秒鐘，傳送棺材就會「啪」地一聲打開來，宣布「你失去資格了，其實機器還沒有啟動，請出去」。如果真是如此，我將會後悔一輩子——

『我是田村。』

聲音響起。

理劍沉默著。

『理劍，很抱歉你在地球的人生最後交談的對象是我，但請讓我說句話。真正自我中心的人，根本就不會來報名這種任務。憑你的能力，應該可以逍遙快樂地過日子。世上有兩種人，一種會追尋自己的生命意義，另一種不會。不刻意尋找生命意義並不是壞事，反倒可以說是聰明的做法。這樣的人會評估風險，不會去做有損生命的事。他們應該會做出健康長壽才是最幸福的結論，並秉持這樣的信念一直到死。但你相反。你打從心底對長命百歲不感興趣。自己要如何生、如何死？擁有非凡抵抗值的你，總是如此自問，處在迷惘之中。所以我們才會選擇你。如果你抵達思維的異界以後，選擇與鈴上一起生活，也沒有人能苛責你。但我想會選擇這條路的人，是和你完全相反的人。這就是你雀屏中選的理由。祈禱你能贏得勝利。接下來的事，包括你的要求在內，我會負起一切責任達成。不只是日本，全人類都會為你負起責任。真的謝謝你。一路順風。』

理劍想要乖僻地反駁個幾句，卻說不出話來。

你才不懂咧。

不經意地一看，自己的身體已經消失了。

☆

強風吹拂著髮絲。

樹木枝葉、丘陵上的青草也都隨風搖擺著。

藍天上，雲朵以驚人的速度飄過。

理劍端詳自己的身體。

好像——什麼事都沒發生。一模一樣。沒有任何地方變化成異形或缺損。有科學家提出尚未充分驗證的新說，認為抵抗值高到極端，在思維的異界就能保持原本的人類樣貌，原來是真的。

他穿著西裝。黑西裝。

倏地，一片巨大的影子當頭籠罩住他。

回頭一看，是個巨大的異形。

是女人。

但是非常高大，大概有二公尺四十或五十公分。

一側的手的形狀就像死神拿的巨型鎌刀。

女巨人的臉轉向理劍。

臉很白，眼睛是貓一樣的金色，手臂上生著棘刺。

「理劍？」

異形說。

「舞。」

雖然對方和舞原本的外形是南轅北轍，完全看不出任何她的特徵，但理劍知道是她。

「你完全沒變嘛。」

神流舞笑了。

「看妳，怎麼說，變得好炫。」

不過她究竟是有了什麼樣的變化？全身散發出一股近乎神聖的威嚴，或許可以形容為靈氣逼人。

這毫無疑問是個奇蹟。神流舞避開弱化的網，成功「強化」了。

異形身上的白色衣物在風中翻飛。

她開心地笑了：

「走，我們出發吧！去毀滅夢的世界！」

理劍邊跑邊想。

直到傳送的那一刻，他都預測自己一定會背叛一切，結果卻並未如此。

和變身後的神流舞一同向前奔跑時的亢奮感，決定了剩下的一切。

因為他想看到她的活躍，更進一步說，是想看到她說直到死前都是活著的她的生命。

話說回來，從地底爬出地面羽化的蟬，就是這樣的感覺嗎？情緒歡騰，就彷佛喜上雲霄。

法因透過傳碼器下達的指示精確俐落。

周圍隨時潛伏著約十名自己人，透過傳碼器行動，合作無間。沒有任何魯莽的特攻行動，總是有恰到好處的後援，並確保退路。

此外，法因也會評估來自衝鋒者的報告，彈性變更戰略。

外型完全無異於人類的理劍，負責扮演誘餌角色。

或是散布假訊息，混亂敵方。

緊接著，神流舞與同伴會進行夾擊、包圍、背面攻擊。如果殺害這個世界的居民——保護核心的守護者，算是功勛的話，那麼兩人立下的戰功，可以說是遙遙領先。

城鎮確實地荒廢，他們一個個削減守護者的數量。被傳送到其他地點的外國衝鋒隊也不斷地會合，他們成了一支勢如破竹的魔軍。

兩人一直存活到最後。

在與交手的對象中數一數二強大的烘焙坊老闆馬隆戰鬥時，神流舞失去了植入傳碼器的左手，但活了下來。理劍一直陪在她身邊支援。

不久後，數百隻魔物集結在一處，包圍了一名男子。

理劍和舞也在包圍男子的行列中。

理劍被叫過去，達成了任務。

原本晴朗的天空驀地暗了下來，當天色變成一片漆黑時，周圍的魔物發出震耳欲聾的歡呼聲。

神流舞的最後一句話是：

「成功了！成功了！大家辛苦了！」

理劍最後一句話是：

「太棒了，今晚要來喝一杯慶祝！」

地球全土一定都在舉杯慶祝——

剎那之間，理劍的心中浮現一幕景象。

拋開惡魔的面具，舞會結束後待在美好的房屋裡，和笑容滿面的神流舞舉起啤酒杯互碰的幻影。

門外傳來舒適的涼風，他們從所有的一切解放開來，同時再也無所畏懼。

接著就在下一秒，兩人隨著思維的異界消滅在次元的彼方了。

無法舉杯慶祝。不，或許他們已經慶祝了。在遙遠的彼方、並非此處的未知的場所。

第五章

仰望天空，舉杯歡慶

1

觀測器的影像與顯微鏡底下的世界總有些相似。

與進入思維的異界的人所看到的風景不同，沒有丘陵，沒有山脈，沒有大海，也沒有建築物。

是只有無數雜物、鋼筋、碎片等漂浮的空間。

若要形容，就像是一座大湖吧。

漂浮其中的守護者雖然外形各異，但總讓人聯想到水蚤、螃蟹幼體或浮游生物。

守護者的總數推估有三萬到四萬。數量年年都有些微的成長。

衝鋒者穿過空間皮膜，進入其中。

觀測器所拍攝到的次元傳送過去的衝鋒者也並非人形。在那裡，衝鋒者看起來也像是微生物。

那景象就像是有許多不可思議的浮游生物漂浮的池子裡，零散地跑進了外來浮游生物。

到處都有稱為「洞」的扭曲部分。

如果衝鋒者陷進「洞」裡，就再也出不來了。

但這次幾乎所有的衝鋒者都沒有盲目亂闖，而是避開了洞，往中心前進。

當然，只是透過觀測器看起來如此，若從衝鋒者的視點來看，他們各別是在有海、有山、有城鎮、有圖書館、有島嶼、有丘陵、有遊艇的世界邁進。

在這之前，衝鋒者都是呈現小而孱弱的半透明狀，只是不知所措地胡亂遊蕩，但這次的全世界同步衝鋒行動卻明顯異於過往。這一次出現了形貌異樣清晰而且強韌的個體，比例約占十分之一。

2

我的桌子裡收著一封信。

是衝鋒者選拔考試的不合格通知書。

它已經不具任何意義，丟掉也沒關係，我卻不知為何就是捨不得丟掉。

我想要進入思維的異界，卻在第一階段考試就落榜了。

當時我去九州出差，在福岡的飯店住了約兩個月（我一整年都在全國各地奔波），所以去福岡的考場參加了考試，然而卻在第一階段的適性測驗就被刷掉了。不，我不知道落榜的理由到底是不是適性測驗的成績不佳，也有可能是在審核履歷的階段就被刷掉了。

對普尼的抵抗值與在思維的異界的自我維持似乎有關聯。畢竟這等於是要進入形同普尼總司令的傢伙體內，抵抗值愈高愈有利，這在直覺上是可以理解的。也就是說，感覺我在異界也不會有太大的變化，因此我自認為應該是個不錯的人才。

異空間事象應變中心與普尼災害應變所，都是「未知體」出現後成立的組織，彼此偶有交流，參與第七次衝鋒者審查的職員中，有我認識的人。

她叫阿滿，三十多歲，喜歡雷鬼音樂。我打電話問阿滿為什麼我會落榜。

『我說相川小姐啊……妳怎麼可以跑去報名啦？』

阿滿受不了地說。

阿滿知道我就是普尼操縱者「ＳＥＩＫＯ」。我們一起喝過幾次酒，也聊過一些白痴話，她是那種不太會和人保持距離的人，所以很好聊。我們與其說是熟人，或許應該說是朋友。

「我的適性怎麼樣？」

『等等、等等。其實這是不可以外傳的，不過我偷偷幫妳查一下。我回頭再打給妳。』

五分鐘後，她打來了。

『我打開妳的適性測驗檔案了，不愧是高普尼抵抗值，H．N波動耐受性還有再建構值都是S級的，嗯，是最高值。可是性格適性分數這邊……唔……』

「性格？我個性很差嗎？」

『不，我覺得妳個性很好啊。可是啊，在那裡是要執行戰鬥和諜報任務，撒謊一下子就會露餡的人，或遇到叫妳殺死小狗的命令，就會想要放棄任務逃避的人，還有容易受到情緒影響的人——簡而言之，老好人、沒辦法鐵石心腸的人不適合，所以會被刷掉。然後，因為地上還是需要可以擔任普尼操縱者活躍的人才，這也是妳被刷掉的理由之一。』

確實，即使長官下令我殺人，我也有可能下不了手。我應該不適合吧。

阿滿忽然說了：

『有個抵抗值520，或許可以成為下任操縱者的人也來報名囉。』

「天哪！」我震驚極了。520，那不是全日本第一了嗎？

『是、是誰？』

我當下想起我在全國各地遇到的天賦異稟的少年少女們。我可以感應到抵抗值高的人，所以或許是在哪裡遇到過的孩子。

『呃，不能告訴妳名字。不過說了妳也不認識。』

「也是啦。然後他被刷下來了嗎？」

以我被刷掉相同的理由落榜。

『沒有。他現在成為訓練生了。很年輕喔，才二十一左右。』

阿滿的聲音微妙地興奮起來。

「欸，我都快三十九了，考慮到年齡，照常理來看，應該要留下那個年輕人，把我送過去才對吧？」

『這是兩碼子事好嗎？不能只因為年齡，就變更拯救世界任務的條件。』

也是吧。和阿滿聊著，我漸漸死了這條心了。

「那，替我跟那孩子說加油。」

『咦，我才不要呢。妳會高高在上地對獻出性命的人說這種理所當然的話嗎？』阿滿大剌剌地說。『說得好像人家現在沒在努力一樣。』

她真的很了不起——我對阿滿莫名地敬佩，掛了電話。

我參加了第七次衝鋒者的發表會。

地點在東京車站附近的飯店。除了記者以外，還有許多相關人士出席。

520的孩子我一眼就看出來了。篠塚理劍。

穿著深藍色西裝的他，在此起彼落的閃光燈中步向台上。

我覺得他應該是我在板橋還是哪裡的普尼災害中遇到的小學低年級生，不過即使真的就是他，他應該也不記得我了吧。

坐在台上的衝鋒者們，無論男女，每個人的表情都充滿了堅定的覺悟，十分迷人。

在台下看著他們，我的心胸不由自主地湧出灼熱的激情。在看到本人以前，我一直把篠塚理劍當成自己的分身一樣，但實際見到他，這名氣質銳利的青年和我一點都不像。

接下來是自助餐會，但我很快就離開了。因為我接到草加市發生局部性普尼災害的通報。不過就算沒有通知，我應該也不會在會場上久待，也不會向他攀談。因為，我要對他說什麼好？

然後，他們在三月十日進入異界了。

座落在千葉銚子、據說砲身長達十五公尺的次元傳送砲「晴天」，對準「未知體」，將座艙中的衝鋒者們送入了思維的異界。

接下來的半年，全世界的媒體狂熱地持續報導他們的消息。

不管在何時何地轉到任何一台頻道，都一定有好幾個以全世界同步衝鋒行動為主題的節目在播送。

進入異界七天後，他們的傳碼器回報全員平安傳送完畢的訊息。

並非花了七天才抵達異界，而是思維的異界與地上的時間流速不同。

媒體公開衝鋒者學生時期的照片和影片，或是採訪衝鋒者的親朋好友。

不光是介紹日本的衝鋒者，也介紹了外國的衝鋒者。法因雖然傳送到異界去了，但因為它是機器人，所以同一個ＡＩ（名字也叫法因）可以在媒體亮相，與專家學者對談。

我還是很在乎擁有操縱者資質的篠塚理劍。

衝鋒者當中，篠塚理劍公開的資訊也特別少。他極端突出的抵抗值受到保密，也只有他沒有家人朋友被採訪。不過衝鋒者多達九百九十五名，因此沒什麼精彩事蹟的人不會受到矚目，也是情有可原，但我感到有些不滿，覺得少成這樣，不會太奇怪了嗎？

我約了阿滿去新宿吃飯，順便問了篠塚理劍的事，她說：「咦，妳很好奇他嗎？進入傳送艙前，我是他的負責人喔。他最後一句話是『真想來杯咖啡』。他訓練都很認真。」一直到了很後來，我才知道他的母親是死刑犯，在行動日的兩個月前，由於拘留所的普尼火災而下落不明，但是在這個時間點，這類資訊也完全沒有洩漏給媒體。我想阿滿應該早就知情，卻沒有向我透露半點，實在令人尊敬。

地球上迎來所謂的「衝鋒者熱潮」，書店出現大量關於思維的異界的相關書籍。

每當觀測器捕捉到守護者與衝鋒者的戰鬥，或傳碼器的報告公開，電視就會播出特別節目。

我還是老樣子，持續在災區進行清除普尼的任務。

三月到六月，和平常沒什麼兩樣。

每次救了人，我都會慶幸自己沒有進入異界，而是留在地上。對於地上的生命，我有我可以做出的貢獻。

我經常想起野夏旋。

我認為野夏旋現在一定在思維的異界生活。我好幾次在夢中見到他。

普尼操縱者經常會夢到思維的異界。

如果我成為衝鋒者，就能在那裡見到野夏旋吧。不過仔細想想，就算我進入那裡，應該也會挨他的罵：妳居然丟下地上的工作！

到了七月中旬左右，普尼突然平靜下來了。

全世界的普尼不再到處爬來爬去，而是靜靜地停留在一處，若有所思地顫動著。

因此七月中旬到十月，局部性的普尼災害發生的頻率減少到前年的二十分之一。我認為是九百九十五名衝鋒者攪亂「未知體」所造成的影響。

接著入秋了。

十月十日。

凌晨兩點，室內電話響了。

我在公寓床上爬起來。

朋友和工作上的連絡，大部分都用電子郵件或LINE，因此聽到電話鈴聲，會讓人心頭一驚。

來電顯示是兒島打來的。

最後一次遇到他是八個月前，與普尼應變工作相關的聚會上。他過得很好，說女兒已經上國中了。我心想：什麼啦，國中不是我們認識的年紀嗎？時光飛逝，但我覺得自己的內在和那時候並沒有什麼不同。

兒島居然在三更半夜打電話給我，看來出了非同小可的大事。是來通知我們都認識的朋友的死訊嗎？要不然就是遇上了某些危機。

我按下通話鍵。

『相川嗎？不好意思三更半夜打過去，我是兒島。』

兒島懷念的聲音傳來。

「喔，兒島~你沒事吧？你在哪裡？」

我立刻問。

『噢，我在家。』

原來沒事？我還以為兒島是被困在普尼災區動彈不得，打電話來求救的，看來不是。事實上，開車開到一半，被突然冒出來的普尼淹沒受困的狀況時有所聞。

『欸，相川，妳睡了嗎？妳有沒有什麼感應？』

兒島的聲音很雀躍。

「我在睡覺。很睏。」

『不好意思。』話筒另一頭傳來兒島在笑的聲息。『唔，我也猜妳應該是在睡覺。我本來也很煩惱，想說妳一定很忙，不過又很好奇在這歷史性的一刻，妳在做什麼。』

嗯？我一陣詫異。

啊，原來如此。不，說到歷史性的一刻，就只有那件事了。

「難道——」

『嗯，就要發生了。』

「等一下，我開電視。」

我一面走向電視，心想自己一定會哭。

倒不如說，淚水已經湧上眼眶了。

我和兒島先掛了電話。

一打開電視，立刻就看到新聞。

『思維的異界，核心附近出現大規模異象』。

主畫面是即時觀測影像，角落的小畫面裡有專家在解說。

衝鋒者包圍了核心與鈴上誠一。

在思維的異界裡，總共還剩下數千個守護者，但鈴上誠一的附近只剩下不到幾個。因為散布各地的衝鋒者在各處製造混亂，讓援軍無法前往中央。

如果這是棋局，王已經被團團包圍，等著被將軍了。

接下來，鈴上誠一的身體動了。

瞬間，畫面變成一片雜訊。

雜訊消失以後，鈴上誠一被某種像膜一般的東西包住了。

沒有人知道異界發生了什麼事。但這是首次觀測到的現象。

人無法一個人活下去。

我忽然想到這件事。

不過，真的是這樣嗎？世界上有太多孤獨的人，也有人主動選擇了孤獨。我也單身未婚，沒出任務的休假日，總是一個人過。可是，即使是這樣的人，只要過著社會生活，還是會與同事、店員、醫生、街坊鄰居等等，或多或少有所聯繫。

真正意義上的孤單一人。比方說漂流到無人島上的人，要在那種環境活下去，還是痛苦不堪吧。

我打開玻璃窗，走出公寓陽台。

現在是凌晨三點，但稍遠處的公寓有不少窗戶亮著燈。面臨歷史性的一刻，果然大家都醒著捨不得睡。

兒島。我在內心喃喃。當這一切開始時，我們還是國一生，兩個人一起在清晨的運動場上對吧？欸，兒島，你還記得嗎？我記得很清楚。

這時我驚訝地看見天空上「未知體」的藍色球體出現了裂痕。

崩壞了。極光一般的亮光呈現放射狀擴散到整個夜空。

是無比壯闊的天體秀。

只要人類存在的一天，這一天將永留青史吧。

回到屋內，我聽見激動萬分的實況播報聲：『**爆炸了！爆炸了！**』場面十分熱烈。

我搖搖晃晃地坐到床上。

「成功了，成功了……」

雖然不清楚在興奮什麼，也不明白自己到底是什麼心情，但淚水不斷地奪眶而出。

爸爸，我的姊妹淘小佳，上百個死去的親朋好友。

結束了。就在今天，一切都結束了。

腦中浮現篠塚理劍以及在記者會上看到的那些衝鋒者們。

早上七點時，幾個人打電話來。

母親、弟弟、平輩親戚、長輩親戚、普尼應變所的同事。訊息收件匣裡也不斷地收到訊息。

我和同事講著電話，忽然睏了起來。

『SEIKO？SEIKO？』

電話另一頭叫著我的聲音愈來愈遠。

我感覺到強烈的睏意，知道自己再幾秒鐘就要昏過去了。

「不好意思，幫我叫救護車。」

昏厥前一刻，我對同事說。

我的身體自從變成普尼操縱者以後，就有一半屬於普尼。如果「未知體」消滅了，我不可能不受到影響。

但是這個時候我真的好高興，無比安詳地閉上了眼睛。

醒來的時候，我人在醫院，身上連著點滴。

啊，我還活著，我心想。

我在醫院待了約一個月。

一開始完全無法開口，感覺就像電池拔掉的機器人一樣，也沒有食欲。我發起高燒，或昏睡不醒，經歷了許多折磨。檢查發現只有一開始出現各種異常，但漸漸就穩定下來了。

很快地，我稍微恢復精神，一整天就躺在單人房裡看電視。

每一台都在播放「未知體」被破壞，以及第七次衝鋒行動的特別節目。

在過去，衝鋒者的傳碼器和法因傳送回來的資訊受到許多限制而未完全公開。但核心被破壞、「未知體」消滅以後，原本未公開的資訊也都慢慢公諸於世了。

其中，衝鋒者之一傳送回來的訊息裡面有一則提到「在異界接觸到第一任普尼操縱者野夏旋」，我不禁感嘆起來。

出院以後，我有一種神祕的涼颼颼感覺。

「未知體」消滅後，普尼在約二十四小時之後變回了泥土。是質地柔軟的泥土。後來發現這種泥土極富營養，能夠長出非常健壯的蔬果和樹木。普尼災區將會成為最棒的農田，或是森林吧。

仰望天空，從國中以來每天看到的東西已經消失了。

清爽極了。

但也確實有一種失落感，就好像畢業典禮後返回母校，看到空蕩蕩的教室那樣。

我轉搭電車，回到老早以前居住的城鎮。

然後，我經過染上秋色的銀杏樹夾道的路、懷念的母校旁，橫越以前和兒島跑步的公園。

秋季午後的田徑跑道上，幾個像體育社團的高中生穿著運動服在跑步。

進入安靜的住宅區，穿過小佳以前的家前面（門牌已經換了姓氏），吃了炸豬排丼後，前往車站。

十二月的時候，理劍的母親向警方自首，再次被逮捕，但沒有多久就因為破格的「特赦」而獲得釋放。

然後，原本一直沒怎麼被介紹的篠塚理劍也開始被媒體報導了。他在即將進入異界前在傳送艙裡的聲音被公開，在全日本引發了迴響。畢竟一切都已經結束了。篠塚理劍奮勇作戰，並贏得了勝利。

也許是因為解放感，街上開始流行起浮誇的時尚風格，有許多打扮成古怪小丑般的年輕人走在路上，但幾乎沒有人批評這種現象。每個人都認為，接下來一段時間都算是節慶，放縱一下又有何妨？

銚子的次元傳送砲在思維的異界消失後，便無用武之地了。次元傳送砲沒有被拆除，留在原地做為紀念物，附設的建築物成為異界紀念館，周圍預定蓋成公園，興建全世界九百九十五名衝鋒者的銅像（當然，從銚子進入異界的只有日本人，全世界的衝鋒者是從各自的國家啟程的）。聽說死於普尼災害的死者慰靈碑，也會蓋在同一個場所。

紀念館完成後，我一定會去瞻仰吧。挑選一個晴朗的好日子，應該會和某人一起去。

聽說從明年開始，「未知體」消失的十月十日將定為國定假日。還說很快就會舉辦全國慶祝活動，放個二十天的長假。同時預測將會出現一波嬰兒潮。

普尼災害應變所預定解散。

又一個新的時代到來了。

然後，這是我在醫院床上看到的新聞影像。
被膜包裹的鈴上誠一在上空緩慢地飄浮了一段時日，往下墜落了。
墜落地點在太平洋，夏威夷附近。
附近的漁船把他撈了起來。
膜被用刀子割開來。
每個人都認為他已經死了。但鈴上誠一並沒有死。

第六章

從天而降的敘事者

房間裡有沙發，記者坐在上面。沙發後方，攝影師架起三腳架，鏡頭全對著一處。

他們面對一名坐輪椅的男子。西裝年輕男子和白衣女護理師則坐在稍遠處的折疊椅上。

輪椅上的男子頭髮脫落，一身格紋睡衣，外罩睡袍。臉上戴著墨鏡，但不是為了時髦，而是為了遮蓋白濁的雙眼。

「戰爭——我不知道能不能稱為戰爭，不過衝鋒者與守護者的戰鬥，是如何發生的？」

記者問輪椅上的男子——鈴上誠一。

「感覺就像突然發生了。如今回想，他們一直祕密潛伏，暗中包圍了我們，在等待開戰的時機。」

鈴上誠一說。他雖然失去了視力，但感覺得到閃光燈不停地亮起。

記者說：

「突然發生。意思是毫無前兆嗎？」

「啊，可是各地都發生了失蹤事件。那個時候我就有預感：啊，就快了。」

1

這是誠一射殺中月活連過了五年之後的冬季。

失蹤事件頻繁發生。

每到傍晚都會在鎮上散步的老人不見了。

孩子們消失了。

年輕小姐消失了。

中央商店街沒有警察，失蹤者的親人只能透過親朋好友的網絡尋找他們。

誠一也被問過好幾次：誰誰誰失蹤了，你有沒有看到他？

在鈴上誠一的號召下，中央廣場的商店街開始定期舉辦歡迎所有人參加的魔物應變會議。一連串的失蹤事件成為議題。

「說起來，這裡應該不會發生綁架殺人那類犯罪行為吧？」

在蕎麥麵店大和室舉行的會議中，誠一問在場的老闆們。

「是不會。」魚店老闆說。

「要是發生那種事，就太令人難過了。至少我認識的人裡面，沒有人會做出那種事。」肉店老闆也說。「而且為什麼要這麼做？沒有意義啊。」

「是被魔物攻擊了嗎？」

「我那個失蹤的女孩朋友，失蹤前好像在和一個黑西裝的年輕人說話。線索就只有這樣而已。」米行老闆說。

「對了，海濱站那邊，老爺爺失蹤時，也有人看到一樣的年輕人。據說是個外表很體面的青年，是這裡從來沒看過的人。」另一個人也點頭附和。

「那，就是那個年輕人幹的嗎？這樣想會太武斷嗎？」

「那麼，就不是魔物幹的囉？」

「也不一定吧？」

過去的魔物都是些一看就是魔物的異形。他們有著顯然邪惡的外形，是破壞性的存在。但或許出現了並非如此的魔物。

五年前舉辦第一場會議的當初，人們都提高警覺，認為明天戰爭就要爆發了，但後來也沒出什麼大事，魔物來襲的頻率也是，反而是有減無增，因此現在這場應變會議，也呈現出一種鬆散的氣氛。

如果五年前出現的中月活連是「人型」的新型魔物，那麼黑西裝青年也有可能是「人型」的魔物。

如果下次遇到那個人，應該先監控他才對。這件事要告訴每一個認識的人，請他們廣為宣傳。

不久後會議結束，眾人一派輕鬆地開始喝酒。

操縱飛天狗橇的野夏旋雖然參加了前三次會議，但後來就不太出現了。在會議之外，誠一和野夏交流過幾次，但大概一年前，野夏說他要「開發新武器」，在山上閉關，就此沒消沒息。他想要做什麼武器，是一個謎。他居住的地方大祭鐵道去不了，離每一站都很遠，在原野中的深山裡，因此誠一沒辦法去找他。

不平靜的冬季結束，春天到來了。誠一帶著八歲的櫻姬去參加夜間舞會。娜莉耶也一起去。

這是櫻姬第一次參加夜間舞會。

前一天，他們一起去買面具。櫻姬走進擺滿可怕面具的店裡，差點快哭出來，老闆溫柔地拿出兒童面具供她挑選，最後她決定戴上香菇造型的帽子和綴滿珠子的大眼鏡。

當天全家一起睡了個午覺，這樣晚上櫻姬才不會愛睏想睡。

天黑以後，一家三口從家裡出發，走在有精靈群飛過、充滿春季風情的夜空底下。

他們在裝飾著燈籠的盡頭之丘站下車。

抵達會場丘陵，化裝舞會正在熱鬧舉行。

誠一看見雙手纏滿輕飄飄粉紅色布料的古怪女人從丘陵出入口走向會場。那個女人高達近三公尺，衣服上有著無數的愛心圖案。身上繫有一條帶子，以時尚的字體寫著「HAPPY SPIRIT FESTIVAL」。

這名巨大的女人看起來像是炒熱舞會氣氛的表演人員。

黑西裝男子引導那名女子往舞池中走去。

一直到事後回想起來，當時的那個警衛，或是看起來像女人朋友的黑西裝男子，是不是就是在一連串失蹤案中被目擊到的青年？

女子走進人群，將氣球放到空中。樂團演奏的加洛普舞曲風格的音樂進入最高潮。

這時，一道慘叫響起。

樂團困惑地停止了演奏。

騷動逐漸擴大。

咚！有什麼東西飛過空中。

是戴著面具的參加者的頭顱。
喧鬧聲擴散開來。
以女巨人為中心，戴上面具混進人群中的魔物一齊亮出武器來，展開大屠殺。
顯得格外駭人的女巨人站在人群中央，黃色的眼睛閃閃發亮，揮舞著變形成彎曲利刃的手，就好像螳螂的鐮刀。
誠一和家人都在廣場角落。
他屏住呼吸。
這下不妙了。一般來說，人們在參加舞會時，是不會攜帶武器的。這與魔物攻擊商店街的狀況截然不同。
——得快逃才行。
誠一擋在前方，保護娜莉耶和櫻姬。
他與黃色眼睛的女巨人四目相接了。
對望的瞬間，女巨人目不斜視地往誠一走來。
「誠一，你帶著小櫻快逃！」
馬隆（面具已經拿掉了）揮舞著細長的棒子攻擊女巨人。
女巨人的身體一陣搖晃。

「不，不能讓你一個人——」

「快逃！」馬隆閃過女巨人呼嘯而來的巨刃說。「我來擋住她！我很強的！」

馬隆話聲剛落，已經將女巨人旁邊撲來的青蛙般小魔物擊倒在地。

誠一帶著家人逃進森林。

穿過森林，前往車站。

車站擠滿了陷入恐慌的人潮。

「怎麼辦？」娜莉耶問。

「我們回家。」回綠丘的家。

「可怕的東西。」不清楚狀況的櫻姬覺得有些好玩地說。「有可怕的東西跑出來了對嗎？平常都有嗎？」

「是啊，跑出來了。」誠一說。「平常不會有這種東西。」

廣播響起：

「目前玫瑰泉站內出現魔物，大祭鐵道暫停行駛。」

誠一和娜莉耶對望。

「去我娘家。」

「好。」

娜莉耶的娘家離會場不遠。

2

「後來怎麼了呢？」

記者問。

「喔。」

誠一沉默。

後來——他們去娜莉耶的娘家避難。岳父母出來迎接，「真是太可怕了」他們這麼說著，煮了美味的蔬菜燉肉鍋招待。他們住了一晚，隔天回去自己的家，在路上和馬隆會合了。馬隆說昨晚的魔物已經順利擊退，但魔物並非遭到消滅，而是全部趁著夜黑撤退了。然後——

「然後呢？」

這個記者是男的。大概幾歲呢？有妻兒嗎？住在什麼樣的地方？有什麼休閒嗜好？

「然後呢？」記者催促。

每個人都想知道。

日復一日的採訪。即使都已經回答過了，同樣的問題還是會不斷地被提出來。

但是，為什麼他必須好聲好氣回答記者？

追根究柢，如果人類不侵犯異界，就不會有任何人死掉了。他們才是破壞者，不是嗎？他們已經知道結果了。他失去了視力，孤身一人坐在這裡，這就是結果。中間的細節有意義嗎？先去哪裡，然後去了哪裡，和誰說了什麼，接下來吃了什麼，這樣那樣，然後怎樣。這有意義嗎？

「去問其他人。」

「其他人？是指衝鋒者嗎？」記者問。誠一不回答。

「思維的異界消滅時，所有的衝鋒者都隨之消滅了，知道那個世界的情景、氛圍的倖存者，就只有鈴上先生一個人。」

誠一靜默著。

十分鐘過去。十五分鐘過去。

照顧誠一的機關人員和記者小聲對話。

「不好意思，今天就到這裡。」誠一的祕書抱歉地說。

「好的。謝謝。」記者和攝影師們齊聲說道。

祕書說：

「辛苦了。」

輪椅往前進。

誠一知道自己在哪裡。這裡是走廊。再過去一點就會遇到拉門，十秒鐘後自己就會坐在床上。十、九、八，他默默倒數。零。被抬放到床上。

整幢建築物都有空調，不熱也不冷。

「今天真是辛苦了。」

祕書是個姓白井的男人，負責管理誠一的行程，擔任採訪等公關連絡窗口，替他填寫行政文件，陪他接受訪談和會客。他們並非住在同一棟建築物，沒事的時候祕書不會來。白井個性開朗，說話簡潔，誠一雖然看不到他的長相，但想像他是一個反應敏捷的聰明男子。雇用他的不是誠一，而是政府。從這個意義來說，或許他並不算「誠一的祕書」。

「嗯，辛苦了。」

白井離開前誠一問：

「這裡是醫院？」

「唔，類似吧。」

「可是，感覺除了我以外沒有別的病患。沒聽到那類聲音。」

「現在為了照顧鈴上先生，原本住在這裡的病患都移到其他地方去了。現在這裡是鈴上先生專用的設施。」

「鄰近海邊對吧？」

「這裡是夏威夷嘛。」

「對呢，我都忘了，這裡是夏威夷。聽到的都是英語。」

白井說：

「今天的採訪似乎讓你累了，暫時休息一陣子吧。」

「嗯，這樣好。」

誠一在床上說。

「淨問些沒意義的無聊問題，真教人受夠了。」

「那麼，請好好休息。」

「到什麼時候？」要休息到什麼時候？

「健康第一嘛，休養沒有期限。如果你願意接受採訪了，請再連絡我。」

白井離開了。

意思是往後的預定全部取消嗎？

誠一在床上打盹。

只要睡著，就會做惡夢。

後來他看到了多少魔物？

生著人臉的巨大剪刀蟲般的魔物、牛人、全身有瘤、身體極長的狐狸。大蛇。

這些魔物和過去的不一樣，很強。

與和中月活連談判之前的魔物相比，對事象的影響力變大了。而且他們狡猾得難以置信，合作無間。

志願者帶著武器前往消滅魔物，然而到達魔物出沒的地點時，他們已經消失無蹤，跑去其他地方興風作浪。

追趕看似不堪一擊的魔物，跑進森林裡或鎮郊的荒地，結果多達我方兩倍的魔物在該處埋伏，一擁而上。

居民一個接著一個死去。至交好友、認識的人一個個不見，社會機能麻痺、崩潰。

誠一滿身大汗地醒來。胸口好難受。好可怕，好可怕。太可怕了。都已經過去了。然而恐懼和傷痛卻緊緊地纏繞在心胸。

床邊有呼叫鈴。按下去護理師就會來，但他沒事，所以沒按。

現在幾點了？是深夜。誠一的視力無法辨物，但感覺得到明暗。房間裡很暗。聲音聽起來是夜晚。

他再次入睡，醒來。

食物送來了。

放在塑膠盤上的料理是醫院餐，或許對糖尿病或高血壓有幫助，但完全談不上可口。誠一因為餓了，所以吃了，但遠遠比不上在思維的異界吃到的任何一道菜。

他請人搬電視到房間，打開來看，但這裡是夏威夷的醫院，光聽聲音也聽不懂。不過聽得出有時候是廣告時間。總覺得好懷念。為了銷售商品而費盡心機。那個世界沒有這種東西。好無聊。連書也不能讀，也沒有人可以說話。他開始練習點字，但很快就失去耐心，丟開教科書。

時間一分一秒過去，但他連時鐘都看不到。

三天過去，誠一拜託護理師打電話給祕書白井。

「我可以再接受採訪。」

『好的，那麼我再安排行程。』

白井在電話另一頭說。

護理師推動輪椅。

從醫院坐車出門後，來到某個機構的中庭。白井跟在旁邊。
誠一聽說父母在寄信給他以後，就死於普尼災害。寫信給誠一的同學也已經過世了。
「欸，我的錢怎麼了？」誠一問。
「錢？」白井困惑地反問。
「不是說要給我幾十億嗎？」
「咦？怎麼可能？是誰這樣說的？」
「那個叫中月的。」
一陣停頓。
「第六次衝鋒者的中月活連？」
「對。」
白井說話的聲音總是溫柔爽朗。他以一貫的柔和口吻說：
「這樣啊。可是那項保證，前提應該是你在中月先生那時候答應下來，不是嗎？」
「謊話連篇。」
當然，誠一理解殺了中月活連的自己不可能拿到報酬，卻還是咂了一下舌頭。
「住院費、三餐，偶爾叫你們買的東西，這些錢從哪裡來？」
「由國家支給。不過，我想錢的事情，暫時可以不用擔心。」

「我的存摺在哪裡？」

白井想了一下說：

「確實，你從天空掉入海裡之後，立刻就被送到這家醫院，所以這部分還沒有處理呢。基本上，你在東京時的私人物品，一開始是由太太保管，後來應該轉由警方等國家機關保管。我來查查看，安排東西送回你的手中。不過，你想要什麼，暫時都可以用公費購買，有需要就請說吧。」

「我太太呢？」

「啊，呃，」白井有些窘迫地支吾起來。「你是說地上的太太香音女士對吧？」

「她叫這個名字嗎？我聽說她沉迷於男公關酒店，被收容在機關裡。」

「你知道得真清楚。呃……我不確定該不該透露……」

「說吧，我再怎麼樣都是她丈夫吧？」

「她已經過世了。」

誠一的胸口感到一道尖銳的刺痛。

「這樣啊。死因是什麼？」

「她並不是一直住在機關，後來應她的要求，讓她搬回公寓了。新聞中說，她是因為服用過量安眠藥而過世。她好像也患有肝臟病。沒聽說有留下遺書。唔，請節哀順變。才五十五歲而已，還很年輕呢。」

「咦？」

五十五歲這個數字沒有真實感。誠一在二十五歲左右進入思維的異界，在那裡度過的時間，感覺至多只有九年。認識娜莉耶，然後櫻姬出生，死的時候八歲。也就是說，誠一覺得自己才三十多歲，也一直以為妻子和自己差不多，不過在時間流速不同的這裡，似乎並非如此。

「五十多歲啊。」

「在這裡，自從『未知體』出現以後，已經過了二十六年。」白井說。

這是個開闊的空間。記者團聚集在這裡。

誠一看不見，但從感覺得知有許多人在場。相機快門聲也響個不停。

記者用英語提問，口譯員為他翻譯成日語。

「有讓你特別留下印象的衝鋒者嗎？」

瞬間，誠一想起襲擊夜間舞會的鐮刀女巨人。

「你是說魔物對吧？」

他聽到口譯員將「魔物」翻譯成「monster」。外國記者簡短地說了什麼，口譯員為誠一翻譯：

「不是魔物，是衝鋒者。」

意思是說，那些人是魔物，只是誠一在思維的異界裡的認知而已嗎？

「不，他們就是魔物。是喜孜孜地殺害婦孺，笑嘻嘻地放火燒燬城鎮、卑鄙醜陋的生物。在我們那個世界，將他們稱為魔物。他們就是怪物。是你們的同夥。」

鈴上誠一展露笑容說。

口譯員翻譯了。記者團不滿地喧嘩起來。記者再次提問。誠一不等翻譯，逕自說下去：

「你們要說自己不是嗎？隨便今年還是去年，任何時代的哪一年都行，看看人類在地上對自己的同類做了什麼，還敢說不是？」

口譯員沒有翻譯誠一的這段話，記者又提出新的問題：

「你在思維的異界接觸過『未知體』本身，或是與自覺自己是來自外太空的存在進行過溝通嗎？」

為了不遺漏誠一的任何一個字，在場媒體一片安靜。

十幾秒的沉默。

溝通？

這是什麼意思？

誠一問：

「什麼是溝通？」

他感覺口譯員在猶豫。應該是一時無法判斷是要當成對記者的提問翻譯過去，或那是誠一在詢問口譯員這個單字的意思。

「就是透過對話等形式，傳達彼此的意思。」

口譯員認為是後者，匆匆地說明。鈴上誠一點點頭：

「我遇到許多人。他們每一個都很善良。他們每天都會向我打招呼，如果有什麼話題，我們會喝個紅茶之類的，悠閒地談論一整個下午。

他們不會排斥別人。如果我有任何疑問，他們都會盡力為我解惑。如果這是『未知體』與我接觸的手法，那麼他，或是她——」

誠一停頓了一下。

「成為我的朋友、我的妻子、我的女兒。成為擔擔麵、成為顆粒芥末醬、成為礦石、成為柚木桌、成為火焰、成為星空。他沒有強迫我做任何事。他告訴我什麼是美好的事物。他對我付出溫情。不管是保護他、為他戰鬥還是其他任何事，都是我自己選擇的。若問我是否和他溝通過，我想所有的一切都是溝通，自然到讓人不會發現那是在溝通。如果你想問的是有沒有人伸出觸手對我說『我是來自外太空的外太空生物』，答案是沒有。」

一瞬間，誠一想起夜半握住他的手，細語「謝謝你」的娜莉耶。

閃光燈的聲音響遍房間。

「接下來我想請教關於你的家人——呃，娜莉耶女士的事，你是在哪裡認識——」

誠一打斷說：

「我不會談論我的家人。這是我的私事。內人應該也不願意被人任意談論。」

一段沉默。不過記者應該事前就得到消息，知道鈴上誠一是個難搞的傢伙，立刻就傳來道歉聲：

「很抱歉，那麼就不談這些吧。我換個問題。你覺得為什麼是你？核心旁邊就只有你一個人。」

「我沒有想過，以後也不會去想這個問題。」誠一說。「為什麼我出生在日本？為什麼我姓鈴上？為什麼這裡是夏威夷？為什麼我是男人？為什麼地上有小石頭？為什麼那隻羊是白色的？我就在那裡，只是這樣而已。」

「你知道地球上死了好幾億人嗎？」

「我有收到信，但早上醒來，我還是會先喝杯咖啡，接下來也會出門赴約，與人碰面。」

「你沒有罪惡感嗎？」

「首先你們要搞清楚，死了好幾億人並不是我的責任，可以嗎？是那些叫普尼的東西害的。『未知體』會從外太空跑來，也不是我的責任，請別誤會了。我到底要為了什麼自責才行？」

輪椅在安靜的林蔭下前進。

會知道是在林蔭下，是因為感受到灑在身上的閃爍光點。

「要持續到什麼時候？」

這些採訪攻擊。

走在旁邊的祕書不知不覺間換成了女的。接替白井的女人姓廣田，二十七歲。至於推輪椅的護理師，他不知道叫什麼名字。

「這個嘛，」廣田說。「我想在你有生之年，都不會結束吧。不過如果你覺得累了，可以再休養一陣子。」

「不，不用了。我會努力。」

休養更痛苦。無聊得像活地獄。但他不會說出來。他要保持儘管心不甘情不願，但仍勉為其難接受採訪的態度。

「我不會被判死刑嗎？因為我讓人類陷入危機。」

「我想是不會。」

「為什麼？」

「因為——」

「因為我是研究對象是吧？」誠一苦笑著說。「對吧？他們不能殺了我，因為我這個活資料太寶貴了。」

在留名人類史，當然還有地球史上前所未見的重大事件中，鈴上誠一是絕無僅有的異界活證人，亦是研究材料。

「國際會議已經做出決議，會保障鈴上先生的安全。」

「上一個祕書沒有提到有這種會議。」

「啊，是嗎？或許這件事並沒有要知會鈴上先生。唔，說了應該也沒關係吧？總之，你的安全受到保障。」

在餐廳用過午飯，回到醫院，廣田跟到病房裡來。

「有東西要交給你。是從東京調過來的你的私人物品。」

他的東西共有兩箱。

廣田說，鈴上誠一失蹤時，和妻子住的稻城市公寓老早就已經拆除了，私人物品暫時送到他的老家，但後來鈴上誠一成為全世界矚目的名人，因此又交由警方保管。誠一要廣田讀出他的存摺數字。廣田說有定存四十萬，活存二十七萬六千圓。雖然有畢業紀念冊、二十六年前以上的筆電、夾克等等，但對現在的誠一來說，沒有任何價值。

誠一拿出堅硬的皮革公事包。

「這是什麼？」

「據信是鈴上先生遺失在電車裡的公事包。應該是跑業務的時候帶的公事包吧。我想應該是你在地上的最後一天帶在身邊的東西，有印象嗎？」

「啊啊。」誠一輕聲說，感到一股千斤重般的疲累。

「豈止是有印象，當時我發現：啊，公事包不見了！當下就像斷了線一樣，覺得一切都無所謂了。我看不見，不過是個很老舊的公事包吧？」

「唔，是的。」

「全部丟掉吧。」

「我想博物館應該會想要。這次的事件，不管在地球史還是人類史上都是件大事。啊，聽說鈴上先生的生涯也預定拍成電影。」

「隨便你們愛怎麼搞吧。」

一段日子以後，祕書從廣田換成了一個姓後藤的女人。他不知道為什麼祕書一直換人。

他們是只有姓氏和聲音的存在。

「難吃死了。」誠一對來收碗盤的護理師說。

他是在抱怨午餐。冷掉的雞絞肉沒有任何調味，餐點整體讓人感覺到惡意。和祕書一起外出時吃到的外食很美味，但日常飲食糟到了極點。

「會嗎？」

「妳自己吃吃看。」

「喔……」護理師不知所措地應著。

「我沒有病，我想吃普通的東西，過普通的生活。」

誠一說。

「我要離開這裡一個人住。我要在我想要的時候去喜歡的地方，吃喜歡的東西。」

「喔……但我們沒有這些權限。」

「但至少吃的東西可以想想辦法吧？這點小事還做得到吧？」

沒有回答。

「喂！」

沒有回答。

誠一豎起耳朵，得知護理師離開房間了。滾滾怒意湧上心頭。

日本再次派出團隊前來採訪。

電視台、報社、異空間事象應變中心的人員聯袂現身。

「這是送給你的。」

他們將梅干、京都醃菜、乾燥烏龍麵等送給誠一。

「這麼說來，今天可以叫出衝鋒者的指揮官喔。」

對方說了奇怪的話。誠一正疑惑不解，突然聽到合成人聲：

「嘿，偶叫法因！偶是核心破壞作戰的指揮官！」

是異樣快活、清爽透明的聲音。

「咦？」

誠一困惑不已，研究人員說明：

「這聲音是用手機叫出來的法因。九百九十五名衝鋒者在肉體植入傳碼器，接收法因的指令，依據收到的指令行動。當然，送入異界的法因已經消滅了，在這裡的是和進入異界負責指揮的法因相同的ＡＩ。」

說到這裡，對方清了清喉嚨說：

「我想應該有很多人問過相同的問題了，請告訴我異界的最後一刻是怎麼樣的——雖然我想這對你來說一定很難熬。失敗的原因、破滅的首要理由是什麼？」

3

綠丘站前零星分布的住宅區陷入火海，誠一一家人居住的小丘半山腰上的家也毀於祝融了。

誠一帶著娜莉耶和櫻姬，與馬隆等十幾名居民集體行動。

自從晚會那場襲擊之後，過了十天。這段期間，誠一與七隻魔物發生戰鬥。熊一般的魔物、還有大蛇外型的魔物很強悍。所有的人都由於接踵而來的戰鬥而累壞了。在戰鬥中，有兩件事讓誠一很驚訝。首先是馬隆的身手極為高強，出類拔萃。他使用針狀的細長武器刺向魔物，大部分的魔物被刺中後就會變得行動遲緩，然後倒地。他說針裡有魔女祕傳的毒液。

另一件事則是他自己非常強大。誠一被魔物砍傷過幾次，但血一下子就停了，傷口也很快就癒合了。他也發現自己的槍若是由別人操作，就不會發揮威力。

一行人躲在離精靈之森站兩站遠的紅磚迷宮站。

敵人步步進逼，包圍了他們。

很快地，他們接到大批魔物將從道路另一頭殺進來的消息，馬隆等同伴為了遏阻敵軍，暫時離開了誠一等人。

誠一身邊只剩下娜莉耶和櫻姬。

三人待在冷杉樹下。

他們所在的廣場，只有一條路與外面相連，誠一持槍瞄準了那裡，以便一有魔物現身，便立刻發動攻擊。誠一鼓勵家人：

「遲早會結束的，沒事的。」

支配這個世界的力量，會將侵入的魔物排除出去。這次因為數量極多，所以花了點時間，但只要侵入者被排除，一切便會再次復興。毀壞的屋舍、商店、城鎮，都會恢復原狀。作用在這個世界的某種方便主義，會讓破壞的痕跡重生，讓一切變得合理，歸結為神話式的大團圓。

前往戰鬥的馬隆等人遲遲沒有回來。

沒多久，誠一舉著槍的手漸漸累了，放下手來。

這時，狗橇從天而降，是野夏旋來了。

狗橇在廣場著陸。

「好久不見了。」野夏旋說。「我剛才去幫忙馬隆他們，馬隆叫我傳話，他說有幾隻魔物往這裡來了，要你趁現在離開，到我的島上會合。鈴上先生，讓櫻姬和太太暫時到安全的島上避難，在那裡和同伴會合吧。」

太好了。誠一點點頭。

只要心想，就能事成。這是這個世界的真理。就像只要想吃美乃滋，美乃滋就會出現在某處，只要求救，就會有救兵現身。

「好的。」

櫻姬和娜莉耶坐上狗橇。野夏旋將一把細長的步槍交給誠一。

「鈴上先生，這是我做的槍，裡面的子彈對魔物特別有效。」

「謝謝。」

誠一接過步槍。

這麼說來，野夏旋說他在研發新武器，這就是那個新武器嗎？

「子彈具有提高鈴上先生的事象影響力的效果。如果魔物出現，請開槍射擊看看。」

雖然不知道是如何製作出來的，但這讓誠一感到勇氣百倍，高興極了。

「好，好。」他一再點頭。

「這下我就放心了。謝謝你。」

「哪裡，用不著謝。啊！」

道路一百公尺前方處，出現了一個外形像土鱉的魔物。

魔法師用拐杖指著道路前方，瞄了誠一一眼。

——這是個好機會，請試射看看。

誠一用剛到手的長槍對準了巨大的土鱉，瞄準之後扣下扳機。

槍口噴出火焰——應該是這樣的。

然而背後卻傳來轟然巨響。

爆風將誠一撂倒了。

他驚愕地回頭，發現野夏旋的狗橇被炸得粉碎，噴出赤紅色的火焰熊熊燃燒著。

火焰中有人影。

誠一發出不成聲的吶喊。

然後他昏了過去。

睜開眼睛。

誠一倒在中央廣場站前的原野。

世界還在。

他是被搬過來的嗎？或者只是思維產物的這個世界「背景切換」了而已？他不知道。衣服破了。全身都受到嚴重的燒燙傷。皮肉脫落，骨頭露了出來。但也許感覺麻痺了，並不覺得痛。

妻子和女兒不在附近。

不過，世界還在，表示至少女兒還活著才對（但是，要如何在那樣慘烈的爆炸中生還？）不，她一定還活著。妻子和女兒死掉實在太可怕了，他連想都不敢去想。

誠一環顧周圍。

約三十公尺的距離外，有近一百隻異形遠遠地包圍著他。

在異形的另一側，商店街陷入火海。異形為何不攻擊他？尤其是為何不趁他失去意識時，給他致命的一擊？誠一思考。

異形圍成的圓陣當中，走出一名黑西裝男子。他的手上拿著一柄細長的刀子。

「你醒了。我叫理劍，我們談談吧。」

「野夏在哪裡？」

誠一問。

「在爆炸中消滅了。」黑西裝男子理劍說。

「他……背叛了？」

誠一扣下野夏旋給他的步槍扳機，結果引發了爆炸。

他覺得這是一場精心策劃的陰謀。狗橇座位底下預先塞滿了炸彈，然後引誘他的妻子和女兒坐上狗橇，把步槍外形的引爆開關交給他。

以前中月活連不是說過嗎？

——同樣一把槍，由鈴上先生來開槍，可以射穿鐵板，但我來開槍，連一張紙都射不穿。

即使由於技術革新，衝鋒者的弱化得到些許改善，但「鈴上誠一的行動」，肯定還是能「比其他任何人的行動造成更重大的結果」。

同樣一顆炸彈，如果是鈴上先生按下開關，方圓之內全都會被炸燬，但我來按的話，就只會冒煙——就是這麼回事。

當然，野夏旋不可能不知道這件事。

「確實，站在你的角度是背叛吧。」

誠一無法理解。他並不討厭野夏旋，野夏旋看起來也很喜歡這個世界。他以為兩人之間是有友誼的。

「他說他在地上遭人殺害，才會來到這裡。背叛這裡，對他有什麼好處？甚至讓自己被爆炸消滅，他能得到什麼？」

誠一突然想到了。

「人質嗎?你們抓了人質威脅他對吧?」

如果你不聽話，就殺掉你留在地上的妻兒——他是不是遭到這樣的脅迫?

「不，這一切都是野夏自己的意思。因為普尼，他早已家破人亡。他在地上是無人不知、無人不曉的英雄，卻度過了坎坷的一生，沒有結婚，也沒有生子，也沒有伴侶。即使想要以人質要脅他，也找不到這樣的人。一直到進入異界以前，我們甚至不知道他在這裡。他在第一時間從上空發現我們衝鋒者，與我們連繫，炸彈的策略是他告訴我們的。他從一開始就打算毀滅這裡。」

「我不信!」

「我想他和你的差別，就在於有沒有見識過地上的地獄吧。」

誠一張望，像在求援，卻沒有半個自己人。他想到娜莉耶和櫻姬。

「你有著人的外形，你一定懂人的感情。拜託你，求求你，先帶我的妻子和女兒去醫院吧!她們一定受了重傷。先治療她們，然後什麼樣的條件，我都願意認真考慮。」

「娜莉耶和櫻姬都在同一場爆炸中消滅了。」

她們死了?

誠一的心跳加速。欲嘔的感覺湧上喉邊。

「騙人，世界還沒有崩壞。」

誠一想要讀出對方的表情。自稱理劍的人一臉凝重。仔細一看，誠一發現理劍還很年輕，快二十歲，頂多也才二十出頭。理劍的表情像在猶豫該如何解釋。

「櫻姬就是核心吧？如果她死了，世界應該已經崩壞了才對。」

誠一喃喃地說。

帶著計測器的中月活連已經被誠一殺死了，計測器也丟進雞山的山谷裡了。仔細想想，櫻姬是核心，這只是他如此認定，並沒有任何證據。

不過如果野夏旋、娜莉耶和櫻姬都消滅了的話，為何距離差不多的自己即使沐浴在爆風烈焰中，也沒有死？潰爛的皮膚也開始再生了。這具身體到底——

「難道，我就是核心？」

「你收到來自地上的信的那時候，地上的研究人員也都還不是很清楚狀況。核心以線狀的光絲與你相連在一起，因此每個人都認為核心就在某處。你本人就是核心、你在思維的異界中親密的家人就是核心的說法也相當可信。中月進入這裡時，狀況依舊不明朗。中月帶來的計測器，雖然是用來測定核心的位置，將結果傳送到地上的儀器，但你和你的家人儘管讓儀器起了一些反應，但到處都能測到細微的反應，完全沒有記錄到特別突出的數值，足以確定就是核心。後來對思維的異界的研究有了長足進步，某個看法變得更為可信，也就是在思維的異界裡，核心不是特定的某個人，而是『鈴上誠一的希望』。」

「希望？」

我的希望，就是這個思維的異界的核心。

忽然間，誠一悟出魔物的企圖是什麼。

如果要為它起一個作戰名稱，那就是「絕望作戰」。

殺掉所有的居民、燒燬一切的城鎮，讓這裡化成沒有女兒、妻子、朋友、熟人的，無人的荒廢焦土。

讓他失去希望。

「這個世界非常奇妙，只要你懷有希望，就能永遠延續下去，一旦你陷入絕望，也就是不想再活下去了，那種絕望就會破壞核心，讓一切結束。」

「那，只要我活下去、繼續懷抱希望就行了吧？」

「你的朋友全都消滅了。這一帶已經沒有半個守護者了。進入這裡的戰士們仍繼續在大祭郡進行布置。從這裡離開的道路已經布滿地雷，門把和水龍頭等所有東西都變成了起爆開關。假設好了，即使你活著離開這裡，也只會不斷地曝露在爆炸與劇痛中，沒有任何希望。只要你開始重視什麼，我們就會摧毀它。如果繼續拖下去，地上又會派來下一支隊伍。」

他說的應該是真的，誠一想。

青年踏出一步，利刃一閃而過。

誠一什麼都看不見了。眼睛好燙。視力被剝奪了。

「我毀了你的雙眼。」

只聽得到聲音。聲音沒有惡意。是超越了一切感情、懷有堅定覺悟的聲音。

誠一感覺到雙眼湧出液體——應該是血。

他呻吟起來。

「請做出決定吧。你的同胞、全體人類、全世界，都在祈求現在這一瞬間，能成為開拓未來的一刻。」

如果誠一不肯絕望，為了讓他絕望，再怎麼殘酷的事情他們都做得出來。不管是斬斷他的四肢還是任何事——

娜莉耶和櫻姬都死了的話，確實他已經一無所有了。即使他擁有不死之身的再生能力，也沒有對抗的手段和意志。這種被迫做出抉擇的狀態實在太煎熬了，他只想快點結束。

「結束這一切吧。」

誠一咬牙切齒地擠出聲音。

重力一下子消失了。

他飄浮在某處。

渾身無力。即使活動手腳，也搆不到任何東西。什麼都看不見。

有人——一定是人——輕柔地抱住了他。

——爸爸，再見。

有人說。

往下墜落。無止境地墜入無底的深淵。

底下是雲層盤旋的藍色星球嗎？

我會撞上去嗎？

無所謂。

他什麼都不怕了。

4

記者說：

「雖然以結果來說你輸了，但你生還了。這樣說或許不太中聽，但如果遇到中月活連那時候，你答應他的條件，狀況應該會大不相同。如果你現在能夠生還，那麼在那個時候生還的話，就能得到億萬財富……雖然只是假設，但如果時光倒轉，你會答應中月活連的條件嗎？」

「不會。」誠一說。「世上有哪個父親會殺害自己的女兒？我確實是輸了。如果再對決一百次，或許一百次都是你們贏。但現在身在這裡，我打從心底這麼想：幸好我沒有背叛我的家人、幸好我現在不是笑著坐擁億萬財富、幸好我能夠知道自己度過了怎樣的人生。即使重複一百次，我還是會與你們為敵。」

他聽見像是感嘆的嘆息聲。

這個記者做了錯誤的詮釋，誠一心想。如果絕望是破壞核心的條件，那麼中月活連來說服他的時候，他不可能絕望，因此也沒有答應不答應可言。

床上的誠一把餐具砸到地上。

「我說過了，難吃死了！」

女護理師說：

「啊，請不要造成困擾。」

「妳有什麼困擾！困擾的人是我！」

「對不起，可是……」

「我已經抗議多少個月了！這什麼味道！離開這裡一個人住的事情怎麼樣了！」

「這不是我們能決定的事，請跟祕書說。要我叫黑部先生過來嗎？」

「黑部？」

瞬間誠一想不起來那是誰，但他想起祕書又換人了。已經換了八次了。

這些祕書也對誠一一個人住的要求閃躲迴避。而且他覺得他們根本不是「真的祕書」。有一次他聽見護理師在走廊叫祕書「醫生」，被制止「在這裡不要這樣叫」。他們其實是大學的博士或精神科醫師，自己則是宛如籠中稀有動物般的觀察對象，所有的對話都被IC錄音機記錄下來，房間裡有監視器——他萌生這樣的懷疑，但即使真是如此，他也莫可奈何。

誠一嘆了一口氣。

「所有的一切，都是那裡更好。你們過的生活，就像在十八層地獄裡沉淪。就連一根香蕉也是天壤之別。不管是光澤、甜味，照射在上面的光線、圍繞著它的空氣，都比真的還要真。」

沒有回應。手臂忽然癢了起來。

「手好癢。」

「被蟲叮了呢。要幫你塗藥嗎?」

「囉嗦!」

怒意又湧上心頭,誠一吼道。

冷靜下來後,他覺得自己對護理師的態度太過分了,但他們從事照顧他的這份工作、領著這份薪水,應該早有預期要承受這種狀況,而且他們是殺害他全家的惡魔的同夥,他不覺得需要感到抱歉。

反正人類就是在地表爬行的數十億螻蟻,最大的長處就是卑鄙,不是嗎?

記者問了:

「這對全世界的研究人員來說都是個謎,你被一層膜包裹著,墜入太平洋。你知道為什麼你會出現這樣的奇蹟嗎?」

「就算我知道,也不會告訴你。」

「為什麼?」

「護理師好像有時候會在我的飯菜裡放蒼蠅。食物都故意弄得很難吃。這顯然是故意的。這是條件,如果要我開口,就先改善我的待遇。」

「咦?我們從來沒聽說,居然發生這種事嗎?哦,我是週刊記者。」

「那剛好。那麼，我把我遭受到的種種惡意刁難都告訴你，請你公諸於世。我要抗議。」

海潮的香味。

是海邊的路。

海鷗的叫聲。

每星期幾次的外出散步時間。

「我想買樂器。這麼多時間，不光是學點字，我也想彈個鋼琴之類的，打發時間。鋼琴可以用公費買嗎？可以的話，就買架最高級的鋼琴放在病房吧。」

鈴上誠一對推輪椅的女護理師說。沒有回答。誠一不管，繼續說下去：

「我從來沒有玩過樂器，不過我覺得自己應該可以演奏鋼琴。我現在失去了視力，聽覺變得更敏感，漸漸能理解到過去從來沒留意過的每一個音的巧妙。我還有其它很多想做的事。」

接著，誠一自顧自談論了一陣他對將來的計畫。

「看得到海嗎？」

「對。」

「一定很髒吧。」

女人沉默著。

「啊，不過這裡是夏威夷，還是很乾淨？」

女人沒有回話。

「妳是那個嗎？遇到不想回答的問題，就不吭聲不理人嗎？態度這麼差，身邊的人都會被妳搞得烏煙瘴氣喔？夠了，回去吧。」誠一說。

「這是為了健康著想。」

輪椅進入未鋪裝的道路，顛簸起來。錯不了，是要往海邊之類的地方走去。

「喂，我又看不到海，我對骯髒的海也沒興趣。到底是要去哪裡？」

沒有回答。

「至少回個話吧？這是妳的工作吧！」誠一咒罵，但同樣沒有回答。

輪椅停了。

誠一察覺有金屬環扣住了他的手。

什麼東西？

「這裡是不會有人經過的懸崖底下。通往這裡的路上有柵門，我已經鎖起來了。」

女人的聲音緊迫萬分。

誠一想要活動雙手，得知自己被上了手銬。兩手分別被繫在輪椅扶手下方的鐵管上。

「現在是退潮，接下來——就要漲潮了。今天是大潮。只要待在這裡，水面應該會淹過你的口鼻。因為你是坐著的。或許潮水會把你沖走。我要把你留在這裡。」

誠一嚥了口唾沫。

「為、為什麼？」

「你要在痛苦掙扎中活活淹死。」

自從失去光明後，他可以單憑聽覺掌握周圍的環境。四周沒有人聲，也沒有汽車排氣聲，只聽得到波浪聲。

這裡應該真的是無人的小海灣之類的地方。

「為什麼我要這麼做是嗎？我就回答你這個問題。理由是，我恨死你了。」

「既然這樣，辭掉工作就好了。有太多——」

有太多人可以取代妳。誠一原本要這麼說，又覺得這種狀況不該刺激她，閉上了嘴。

女人說了起來：

「因為普尼，我失去了許多重要的人。我的母親、我的弟弟，數都數不清。然後我父親報名第五次衝鋒隊，葬身思維的異界。後來我看了許多資料，讀了你的訪談，大概得知了我父親的死亡真相。你在雞山殺死的就是我的父親。他是個善良的好人。日本派出的第五次衝鋒隊，目的在於調查，他應該沒有對你做出任何攻擊的舉動。我隱瞞我是衝鋒者女兒的身分應徵，總算如願以償成為你的照護人員。一開始我並沒有責怪你的意思。我認為你也是被害者，如果我是你，也不知道會做出什麼樣的選擇。『未知體』會出現，也不是你造成的。即使曾經是對立的敵我兩方，那都已經是過去的事了。我原本是這麼想的。

生前家父也常說，這並不是鈴上誠一的錯，世上有各種不同的際遇，他是被害者。

社會上有些團體認為應該懲罰你，不斷地提出偏激的主張，但我一直認為我跟他們不同。

但是，你那些粗暴的言論實在太不堪入耳，我再也無法忍受了。生還後的你，沒有被判死刑，也沒有受到制裁。由於你的經驗極具價值，在你有生之年，政府應該都會盡力保護你。你專屬的看護團隊，首要任務就是不讓你感受到任何壓力。然而殺死我父親的你受到別人照顧，卻只會不斷地咒罵食物難吃、在異界吃到的東西比這裡美味千百倍、說我們的生活就像在地獄裡沉淪。你應該不會感謝任何人，只知道無止境地炫耀曾經經歷過的夢幻世界有多甜美，毫不在乎地丟人現眼，一直到死。」

誠一默默地聽著。他稍微想起了在雞山遇到的鍬形蟲般的魔物。那是他第一個獨力打倒的魔物。胸口微微刺痛了一下，但一想到娜莉耶和櫻姬的死，他一點都不想要為自己的態度道歉。

「你對自己做過的事抱持著信念，不為此後悔。這讓我很佩服。既然如此，我也要順從自己的感情，付諸實行，並為此感到驕傲，無怨無悔地活下去。」

「喂！」

腳步聲離開了。

開什麼玩笑！誠一咬牙切齒。

「喂！」

「救命！」他喊道。沒有任何回應。

但是都到了這步田地，他還想求救嗎？不知道。

波浪拍打上來。

他叫得聲嘶力竭。沒有人來。

冰涼的空氣籠罩上來。

約兩小時過去了。水浸到膝蓋。大汗淋漓，全身都溼透了。

這時，發生了意想不到的事。左手忽然「啪」地一聲自由了。

似乎是長時間的奮鬥扯彎了鐵管，讓扶手鬆脫了。繫在鐵管上的手銬脫落了。

一線生機。

襯衫胸袋裡有手機。他以重獲自由的左手小心地伸向胸袋。摸到了。取出手機。即使看不到，手指也記得按鍵排列，可以操作。要打給……警察？他不知道夏威夷的報警電話。

不，應該打給祕書。是叫黑部嗎？這樣就不用說英語了，而且雖然不知道號碼，只要從通話記錄按個鍵就行了。來得及嗎？但他不知道要怎麼描述這個地點。

按下按鍵。鈴聲響起。五次、十次。

沒事的，我可以離開這裡——

『喂？』

模糊的聲音傳來。

離開這裡？然後回到那家醫院，繼續被綁在漫漫無盡的時間牢籠裡一直到死？

他忽然清醒了。

『喂？我是黑部。鈴上先生嗎？』

天空，現在是什麼樣子？

那上面真的什麼都沒有嗎？

誠一以看不見的雙眼仰望天空。

手機從他的左手滑落。

應該掉進水裡了，但誠一已經忘了手機。

我真的拋棄希望了嗎？我屈服於絕望作戰了嗎？不，希望是內在的，存在於神聖不可侵犯的領域裡，沒有任何人能夠強奪。

誠一張開左手手掌，伸向天空。

有人握住了他的手。

他走在籠罩著向晚暮色的山丘，通透的天空底下。

小女兒握著他的手。妻子也在身邊。

——哇，好長的影子！

被夕陽染紅的女兒踩著影子歡笑。

——喏，我們回家吧。

——欸，好好玩對吧？

今天所有的一切，今天一整天，都好好玩對吧？

——是啊。

——我也會認識誰嗎？就像爸爸認識媽媽那樣。

——會的。宇宙這麼大，浩瀚無垠。什麼樣的事情都是有可能的。

仰望的天空上，出現了前所未見的大批精靈群。

——喏，回到家就可以吃晚餐囉！

妻子說。

淚水忽然奪眶而出。

那是平凡的、一如往常的春季黃昏。

每個人都活在理所當然的美之中。

我們還年輕，充滿了各種希望，對一切深信不疑。

完

KADOKAWA 文學放映所 110

遺失的地圖

定價：280元 **發售中**

恩田陸◎著
許凱倫◎譯

川崎、上野、大阪、吳、六本木……曾為日本舊軍基地的城市，接二連三出現「裂縫」，殘存於此的記憶，化為形體於現代復活。具有「力量」的遼平和鮎觀，竭力與記憶的化身們戰鬥。當同族的兩人之子誕生後，命運的齒輪也開始劇烈轉動——

國家圖書館出版品預行編目資料

滅絕之園 / 恒川光太郎作 ; 王華懋譯 .
-- 初版 . -- 臺北市 : 臺灣角川 , 2020.02
面 ; 公分

譯自 : 滅びの園
ISBN 978-957-743-528-6(平裝)

861.57 108020615

滅絕之園

原著名＊滅びの園

作　者＊恒川光太郎
譯　者＊王華懋

2020年2月4日 初版第1刷發行

發 行 人＊岩崎剛人
總 經 理＊楊淑媄
資深總監＊許嘉鴻
總 編 輯＊呂慧君
編　輯＊薛怡冠
美術設計＊邱靖婷
印　務＊李明修（主任）、張加恩（主任）、張凱棋

台灣角川

發 行 所＊台灣角川股份有限公司
地　址＊105台北市光復北路11巷44號5樓
電　話＊（02）2747-2433
傳　真＊（02）2747-2558
網　址＊http://www.kadokawa.com.tw
劃撥帳戶＊台灣角川股份有限公司
劃撥帳號＊19487412
法律顧問＊有澤法律事務所
製　版＊尚騰印刷事業有限公司
ＩＳＢＮ＊978-957-743-528-6